新 潮 文 庫

カレーライス

教室で出会った重松清

重 松 清 著

新 潮 社 版

11311

目次

カレーライス

教室で出会った重松清

カレーライス

ぼくは悪くない。

だから、絶対に「ごめんなさい」は言わない。言うもんか、お父さんなんかに。

「いいかげんに意地を張るのはやめなさいよ」

お母さんはあきれ顔で言うけど、あやまる気はない。先にあやまるのはお父さんのほうだ。

確かに、一日三十分の約束を破って、夕食が終わった後もゲームをしていたのは、よくなかった。だけど、セーブもさせないで、いきなりゲーム機のコードをぬいて電源を切っちゃうのは、いくらなんでもひどいじゃないか。

「何度言っても聞かなかったんだから、しょうがないでしょ。今夜お父さんが帰ってきたら、ちゃんとあやまりなさいよ。いいわね」

お母さんはいつもお父さんの味方につく。

やあだよ、と言い返す代わりに、ぼくはそっぽを向いた。お父さんにしかられたのは、ゆうべ。丸一日たっても「ごめんなさい」を言わなかったのは新記録だった。

「いい？ 今夜のうちにあやまって、仲直りしときなさいよ。あしたから『お父さんウィーク』なんだから、けんかしたままだとつまらないでしょ、ひろしだって」

毎月半ばの一週間ほど、お母さんは仕事がいそがしくて、帰りがうんとおそくなる。その代わり、お父さんが夕食に合わせて早めに帰ってくる。それが「お父さんウィーク」だ。

「お父さん、ひろしがよくないことをしたら叱《しか》るけど、ひろしのことが大好きなのよ。わかるでしょう。今朝も『ひろしは、まだすねてるのか』って、落ちこんでたのよ」

ほら、そういうところがいやなんだ。ぼくはすねてるんじゃない。お父さんと口をききたくないのは、そんな子どもっぽいことじゃなくて、もっと、こう、なんていうか、もっと――。

「『特製カレーを食べれば、きげんも直るさ』って張り切ってたから、晩ごはんの前におかし食べたりしないでよ」

「またカレーなの？」

「文句言わないの。だったら自分でつくってみれば？ 学校で家庭科もやってるんでしょ？ 六年生になったのに、遊んでばかりで家のことちっともしないんだから、まったく、もう……」

お母さんはいつだって、お父さんの味方だ。

それがくやしかったから、何があっても絶対にあやまるもんか、と心に決めた。

「お父さんウィーク」の初日、お父さんは、さっそく特製カレーライスをつくった。

「ほら食べろ、お代わりたくさんあるぞ」とごきげんな顔で大盛りのカレーをぱくつく。

でも、お父さんは料理が下手《へた》だ。じゃがいもやにんじんの切り方はでたらめだし、しんが残っているし、何よりカレーのルウが、あまったるくてしかたない。

カレー皿に顔をつっこむようにしてスプーンを動かしていたら、お父さんが、「まだ怒ってるのか？」と笑いながら言った。

「ひろしもけっこう根気あるんだなあ」

根気とは、ちょっと違うと思う。どっちにしても、返事なんか、しないけど。

「この前、いきなりコードぬいちゃって、悪かったなあ」

あっさりあやまられた。最初の予定では、これでぼくもあやまれば仲直り完了――のはずだったけど、ぼくはだまったままだった。

「でもな、一日三十分の約束を守らなかったのは、もっと悪いよな」

わかってる、それくらい。でも、わかってることを言われるのがいちばんいやなんだってことを、お父さんはわかってない。

「で、どうだ。学校、最近おもしろいか？」

ああ、もう、そんなのどうだっていいじゃん。言葉がもやもやとしたけむりみたいになって、胸の中にたまる。

知らん顔してカレーを食べつづけたら、お父さんもさすがにあきらめたみたいで、そこからはもう話しかけてこなかった。

「お父さんウィーク」の初日は、そんなふうに、おしゃべりすることなく終わった。

次の日の夕食も、カレー。ゆうべの残りを温め直して食べた。ふつうのカレーだと、一晩《ひとばん》おくとコクが出ておいしくなるけど、特製カレーのあまったるさは変わらない。

「なあ、ひろし、いいかげんにきげん直せよ。しつこすぎないか？」

お父さんは、夕食の途中、ちょっとこわい顔になって言った。

ぼくもほんとうは、もう仲直りしちゃおうかな、と思っていたところだった。でも、先手を打たれたせいで、今さらあやまれなくなった。ここであやまると、いかにもお父さんにまた叱られそうになったから――みたいで、そんなのいやだ。

「もしもーし、ひろしくーん、聞こえてますかあ」

お父さんはてのひらをメガホンの形にして言ったけど、ぼくがだまったままなので、今度はまたおっかない顔にもどって、「いいかげんにしろ」とにらんできた。

ぼくは肩をすぼめて、カレーを食べる。おいしくないのに、ぱくぱく、ぱくぱく、休まずに食べつづける。

自分でも困ってる。なんでだろう、と思ってる。今までなら、あっさり「ごめんなさい」が言えたのに。もっとすなおに話せてたのに。特製カレーだって、三年生のころまでは、すごくおいしかったのに。

二人でだまってお皿を片付けているとき、お父さんは、「頭が痛いなあ」とつぶやいて、大きなくしゃみをした。

かぜ、ひいたんじゃないの――？

薬を飲んで、早くねたほうがいいんじゃない――？

言いたかったけど、言えなかった。

翌朝、自分の部屋から起き出したぼくと入れかわるように、お父さんは「悪いけど、先行くからな」と、朝食も食べずに家を出ていった。「お父さんウィーク」では、よくあることだ。会社から早く帰ってくるぶん、朝は一番乗りして、ゆうべできなかった仕事を片付けるのだ。

お母さんはまだねている。これも、「お父さんウィーク」のいつものパターン。仕事がいそがしい一週間のうち、特にいそがしい何日かは、家に帰るのが真夜中の二時や三時になる。その代わり、次の日はふだんより少しだけゆっくり出勤すればいいのだという。

食卓には、目玉焼きと野菜いためのお皿が出ていた。黄身がくずれているから、お父さんがつくってくれたのだろう。朝は時間がないんだから、おかずなんかつくらなくてもいいのに。目玉焼きぐらい、ぼくはもうつくれるのに。

でも、お父さんは、「火を使うのは危ないから」と、オーブントースターと電子レンジしか使わせてくれない。それがいつもくやしくて、でも、お父さんがねむい目をこすりながら、ぼくのために目玉焼きをつくってくれたんだと思うとうれしくて、でもやっぱりくやしくて、そうはいってもうれしくて――「行ってらっしゃい」を言わなかったから、急に悲しくなってきた。

朝食を終えて自分の部屋にもどったら、ランドセルの下に手紙が置いてあった。

〈お父さんとまだ口をきいてないの？　お父さん、さびしがっていましたよ〉

絵の得意なお母さんは、しょんぼりするお父さんの似顔絵を手紙にそえていた。

学校にいる間、何度も心の中で練習した。

お父さん、この前はごめんなさい——。

言える言える、だいじょうぶだいじょうぶ、と自分を元気づけた。

「うげえっ、そんなの言うのってかっこ悪いよ」と自分を冷やかす自分も、胸のおくのどこかにいるんだけど。

夕方、家に帰ると、お父さんがいた。

「かぜ、ひいちゃったよ。熱があるから会社を早退して、さっき帰ってきたんだ」

パジャマ姿で居間に出てきたお父さんは、ほんとうに具合が悪そうだった。声はしわがれて、せきも出ている。

「晩ごはん、今夜は弁当だな」

お父さんがそう言ったとき、思わず、ぼくは答えていた。

「何かつくるよ。ぼく、つくれるから」

「えっ？」

「だいじょうぶ、つくれるもん」

お父さんは、きょとんとしていた。でも、いちばんおどろいているのは、ぼく自身だ。

「家でつくったごはんのほうが栄養あるから、かぜも治るから」

なんて、全然言うつもりじゃなかったのに。

「いや、でも……」と言いかけたお父さんは、少し考えてから、まあいいか、と笑った。

「お父さんも手伝うから。で、何をつくるんだ」

答えは、今度も、考えるより先に出た。

「カレー」

「だって、おまえ、カレーって、ゆうべもおとといも……」

「でもカレーなの、いいからカレーなの、ぜーったいにカレーなの」

子どもみたいに大きな声で言い張った。

ほっぺたが急に熱くなった。

「……じゃあ、カレーでいいか」

お父さんは笑って、台所の戸だなを開けた。

「おととい買ってきたルウが残ってるから、それ使えよ」

戸だなから取り出したのは――「甘口《あまくち》」と書いてある箱。お子さま向けの、うんとあまいやつだ。お母さんが「ひろしはこっちね」とぼくの分だけ別のなべでカレーをつくっていた低学年のころは、ルウはいつもこれだった。

「だめだよ、こんなのじゃ」

ぼくは戸だなの別の場所から、お母さんが買い置きしているルウを出した。

「だって、ひろし、それ『中辛《ちゅうから》』だぞ。からいんだぞ、口の中ひいひいしちゃうぞ」

「なに言ってんの、お母さんと二人のときは、いつもこれだよ」

お父さんは、またきょとんとした顔になった。

「おまえ、もう『中辛』なのか？」

意外そうに、半信半疑できいてくる。

ああ、もう、これだよ、お父さんってなーんにもわかってないんだから。

あきれた。うんざりした。

でも、「そうかあ、ひろしも『中辛』なのかあ、そうかそうか」とうれしそうに何度もうなずくお父さんを見ていると、なんだかこっちまでうれしくなってきた。

二人でつくったカレーライスができあがった。野菜担当のお父さんが切ったじゃがいもやにんじんは、やっぱり不格好だったけど、しんが残らないようにしっかり煮込んだ。台所にカレーのかおりがぷうんとただよう。カレーはこうでなくっちゃ。

お父さんは、ずっとごきげんだった。

「いやあ、まいったなあ。ひろしもう『中辛』だったんだなあ。そうだよなあ、来年から中学生なんだもんなあ」と一人でしゃべって、「かぜも治っちゃったよ」と笑って、思いっ切り大盛りにご飯をよそった。

食卓に向き合ってすわった。「ごめんなさい」は言えなかったけど、お父さんはごきげんだし、「今度は別の料理も二人でつくろうか」と約束したし、残り半分になった今月の「お父さんウィーク」は、いつもよりちょっと楽しく過ごせそうだ。

「じゃあ、いただきまーす」

口を大きく開けてカレーを頰張《ほおば》った。

ぼくたちの特製カレーは、ぴりっとからくて、でも、ほんのりあまかった。

千代に八千代に

1

学校から帰ると、まるでタイミングを合わせたみたいに、キッチンから小鳥のさえずりに似た笛吹きケトルの音が聞こえた。足元に目をやると、小さな草履《ぞうり》が一組、玄関の三和土《たたき》に揃《そろ》えて置いてあった。

「八千代さん、来てるの？」

キッチンに入って訊《き》くと、お母さんはお湯をポットに移しながら小さくうなずいて、

「梅雨《つゆ》入りしちゃったから、晴れた日は貴重だもん」と笑った。

「先週来たばかりで、よく話すことあるよねえ」とわたしも笑う。

「べつに話なんてどうでもいいのよ、あの歳《とし》になれば。お互いに顔を見てるだけでいいんじゃないの？　それに、また今度って言っても、二人とも百歳近いんだから、いつどうなっちゃうかわからないんだし」

お母さんは栗羊羹《くりようかん》を小皿に載せた。ふつうの切り方よりも、薄く、小さく。羊羹を

喉《のど》に詰まらせる不慮の事故に備えて、ってやつだ。

「スミちゃん、離れにお茶とお菓子持っていって」

「……ひいばあちゃん、いつもの調子？」

「変わらないわよ、あの二人は」

お母さんは肩をすくめ、わたしは黙ってうなずいた。

きんさん・ぎんさんがブームになった頃、わたしはこっそり思っていた。ウチのひいばあちゃんと八千代さんをコンビにして売り出せば、きんさん・ぎんさんに負けないくらいウケるんじゃないか、って。

なぜって、ひいばあちゃんの名前は千代。二人合わせて千代&八千代。いかにもめでたい名前だし、じっさい日露戦争の始まる少し前に生まれた同い年の二人は、二十世紀をほとんどまるごと生きてきたご長寿おばあちゃんなんだから。

ただし、このコンビには大きな欠陥がある。国民的アイドルを目指すには致命的かもしれない。

幼なじみの千代&八千代は、たしかに一世紀近い付き合いはつづけているけど、親友ってわけじゃない。仲良しというのも、ちょっと違う。一言で表現するのはむずかしいけど、無理やり言ってみるのなら……精神的S&M。サディストとマゾヒスト。Sがひいばあちゃんで、Mが八千代さん。ヘビがひいばあちゃんでカエルが八千代さん、なんて言い換えてもいいかも。

八千代さんは遊びに来るたびに、ひいばあちゃんにお説教される。嫁や孫との付き合いから、老眼鏡のフレームの色かたち、おまんじゅうの食べ方に至るまで、とにかくひいばあちゃんは八千代さんのやることなすことぜーんぶにケチをつける。

「だからあんたはだめなんだよ」「いつも言ってるじゃないか、そんなのじゃだめだって」「ほんとにヤッちゃんってのは、グズでのろまなんだからさあ」「ああ、もう、あんたとしゃべってるとイライラしてしょうがないよ」……。

八千代さんはいつも一言も言い返さず、しょぼんとした顔で、ひいばあちゃんのお説教を聞く。

だから、今日だって――。

お盆を持って離れの和室に入ると、八畳の部屋いっぱいに、ひいばあちゃんのイライラがたちこめていた。

肩をすぼめていた八千代さんは顔を上げて、「ああ、スミちゃん、ひさしぶりだねえ」と笑った。

「先週も会ったじゃないか、なに言ってんだい」

さっそく、ひいばあちゃんがクレームをつける。

「ああ、そうだったそうだった。スミちゃん、もう中学校に上がったのかい？」

「なに言ってんの、こないだ入学祝い包んで来たじゃないか、ほんとにさあ、あんたは惚《ぼ》けてるんだから」

言ってることは間違ってない。でも、間違いを笑って聞き流すおおらかさもない。厳しいひとだ。自分にも他人にも。

ひいばあちゃんは小皿の栗羊羹を見ると「甘いものは体に毒だから、わたしはいらないよ」とそっけなく言った。おかげで八千代さんも、小皿に伸ばしかけていた手を気まずそうにひっこめる。

すると、「あんたは食べなきゃいけないんだよ、これから歩いて帰るんだから。甘いものがいちばん力が出るんだよ」とひいばあちゃんはぴしゃりと言う。

これでも九十歳を過ぎて性格がまるくなったんだという。お嫁さん――わたしのおばあちゃんがいた頃はハンパじゃなくキツい姑《しゅうとめ》だったらしい。おばあちゃんはわたしがまだものごころつく前に亡《な》くなった。「あの姑さんじゃ寿命も縮まるわ」というのがご近所の一致した見方で、お葬式のとき、ひいばあちゃんは涙の一粒すら流さず、お葬式の段取りが悪いだのしきたりと違ってるだのと文句の言いどおしだったそうだ。八千代さんは羊羹を一口かじった。もちろん、それを黙って見ているひいばあちゃんじゃない。

「ほら、いつも言ってるだろ、羊羹から先に食べると歯にくっついちゃうだろ。先にお茶で口の中を濡《ぬ》らしとけばいいんだよ、もう、あんたはさあ、ほんとに……」

ひいばあちゃんはわたしを振り向いて、しょうがないよねえ、というふうに笑った。しわくちゃの顔は、ひ孫のわたしに向くときだけは、ほんのちょっとやわらかくなる。

八千代さんはいつもどおり夕方四時過ぎに帰っていった。我が家は一丁目、八千代さんちは四丁目、お年寄りの足なら三十分以上かかる道のりだ。お母さんはいつも「車で送りましょうか」と声をかけるし、八千代さんちのおばさんも迎えに来ると言ってくれる。でも、「歩けるうちはどんどん歩かなきゃだめなんだよ」のひいばあちゃんの一言は、「お年寄りをたいせつに」の標語よりずっと重い。

玄関でお見送りするのはお母さんとわたし。ひいばあちゃんはリクライニング付き座椅子《ざいす》から腰を浮かせもせずに「じゃあまたね」と言うだけ。これも、いつものことだ。

八千代さんが帰ったあと、わたしはひいばあちゃんの部屋にお茶とお菓子のお盆を取りに行った。

ひいばあちゃんは一人になるのを待ちかねていたみたいにテレビを点《つ》けて、再放送の時代劇を観《み》ていた。

「ヤッちゃん、もう帰ったかい？」

画面から目を離さず、せいせいしたみたいに訊く。

「うん、おばあちゃんによろしく、って」

「そんな洒落《しゃれ》たこと言うもんかい」鼻で笑われた。「気の利《き》かない子だったんだよ、昔っからね」

そういう言葉や態度を目や耳にするたびに、わたしにはわからなくなる。

八千代さんは叱《しか》られどおしなのに、どうしてわざわざ遊びに来るんだろう。ひいばあちゃんだって、そんなにうっとうしいのなら「もう遊びに来ないで」と言えばいいのに、どうして八千代さんと付き合うんだろう……。

居間のほうから電話の呼び出し音が聞こえた。

一瞬、胸がドキッと高鳴った。

でも、電話の相手はわたしの待っていたひと——トモちゃんじゃなかった。「あらあら、どうもどうも」なんて笑うお母さんの声をぼんやり聞いていたら、ひいばあちゃんがこっちを見ていることに気づいた。

「どうしたの？　ぼけーっとしちゃってさ」

「……なんでもない」

「こんなところで油売ってる暇があるんなら、勉強しなよ。あんたももう中学生なんだから。英語だってあるんだろ？　落ちこぼれなんかになっちゃ大変だよ」

あいまいにうなずいて、そっとため息をついた。

勉強なんて手につかない。

学校でも、授業中ずーっと考え事をしていた。

小学校時代からの親友のトモちゃんと絶交して、今日で三日になる。

2

「あんたなんか、大っ嫌い！」——声を裏返して叫んだとき、すごく気持ちよかった。

たまりにたまったマグマがついに大噴火、って感じ。

後悔なんてしてない。ずっとガマンしてたんだから。ほんとうに、ずっと、ずーっと。

トモちゃんは、クラスのみんなから見れば、すごくいいひとだ。勉強もできるし、スポーツも得意だし、しっかりしてるし、顔もかわいい。それでいて自慢やひとの陰口は言わないし、ズルをしたり嘘《うそ》をついたりもしない。友だちとしてサイコーの子だと思う。親友にさえ、ならなければ。

「スミちゃんは特別だから。親友なんだから」というのがトモちゃんの口癖だ。じっさい、トモちゃんはいつもわたしのそばにいて、いつも親切にしてくれる。ときどき、それを「うらやましいなあ」と言う友だちもいる。

そんな子に、言えはしないけど、言ってみたい。

ねえ、なんでわたしがトモちゃんの親友になれたんだと思う？　答え、教えてあげよっか。わたしがね、勉強ができなくてスポーツも苦手でトロくて顔もあんまりかわいくないから、なんだよ。

笑いながら言えると思う。相手の子が「あ、そっか」なんて納得すると、ちょっとむかつくかもしれないけど。

もっとわかりやすく言おうか。トモちゃんは、わたしを引き立て役にしてるんだ。仲良くなった小学一年生の頃から六年間、ずっと。

わたしが教科書を忘れると、トモちゃんは決まって自分の教科書を貸してくれる。遠慮して断っても「いいからいいから」と無理やりわたしの机の上に教科書を置いていく。授業が始まって、先生が勘違いしてトモちゃんを「忘れ物しちゃだめでしょう」と叱りかけると、待ってましたというふうに胸を張って「スミちゃんが困っていたから貸してあげたんです」。先生はトモちゃんを叱れない。だって、困っているひとに親切にするのはいいことなんだから。それに、トモちゃんは教科書なんかなくたって、どんな質問でも当てられたらすぐに正解を答えられるんだから。

体育の時間だって、そう。ソフトボールの試合をするとき、キャプテンのトモちゃんは必ずわたしをピッチャーにする。「がんばってね!」と応援してくれる。でも、運動神経のないわたしにはストライクを放ることなんてできない。フォアボールを連発してピンチになって、まわりの子が「やっぱりスミちゃんじゃだめだよ」って顔になり、わたしも半べそをかいて「ピッチャー替わって」と言いだすと、「しょうがないなあ」とトモちゃんがリリーフに立ってバッターを三球三振に打ち取る。

いつも、そういうパターンだった。

ほんとうはトモちゃんって、めっちゃ意地悪なんだ。

五年生とか六年生になるとクラスでもそれに気づく子が出てきて、けっこう陰口も言われてた、トモちゃん。わたしに「利用されてるだけなんじゃない？」と言う子もいた。

でも、自分でも不思議でしょうがなかったけど、トモちゃんに「親友だもん、いいっていいって」と言われると、どんなときでも、どんなことでも、おせっかいを断れなかった。そんな自分が嫌いだった。八千代さんとひいばあちゃんのヘンな友情が気にかかるようになったのも、その頃からだったと思う。

トモちゃんは小学校の卒業式の答辞につづき、中学の入学式でも新入生代表で挨拶《あいさつ》をして、クラスでも当然のごとく代表委員に選ばれた。

でも、六月に入って、立場がちょっとヤバくなった。別の小学校から来たタカコちゃんたちのグループがトモちゃんのことを「生意気だ」と言いだしたのがきっかけになって、「そうそう、ほんとだよね」と賛成する子がびっくりするほど多くて、クラスの女子の半数以上が参加したシカト包囲網――みんなで無視するイジメの態勢ができあがりつつある。

さすがのトモちゃんもあせったんだろう、小学校の頃にもましてわたしに「親友だよね」を連発するようになり、おせっかいの度合いもどんどん深まってきて……三日前に、とんでもないことをやってくれた。

小学四年生の頃からずっとわたしが片思いしていたカタギリくんに、「スミちゃんのこと、どう思う?」と訊いた。頼んでなんかいないのに。そんなこと、ぜーったいにしてほしくなかったのに。

だって、わたしはカタギリくんのことが好きだから、好きなひとの好きな相手ぐらいわかるから。トモちゃんだって、それ、うすうす感付いているはずなのに。

トモちゃんは「あのね、カタギリくんって、いま好きな子がいるんだって」と、わたしのぶんまで寂しそうな顔になって言った。ほんとうは、「好きな子って誰?」とわたしが訊くのを待っていたはずだ。そうすれば、トモちゃんはきっと困った顔になって、申し訳なさそうな顔にもなって、でもうれしさをうっすらと頬ににじませるだろう。

わたしが黙りこくると、トモちゃんは「元気出して」と励ますように笑った、その瞬間――キレた。

「あんたなんか大っ嫌い!」

ついに言った。言えた。三日たったいまでも信じられない。きっと、トモちゃんのほうがもっと信じられないんだと思うけど。

わたしは間違ってない。

ぜったいに。

でも……どうして、トモちゃんから電話がかかってくるのを待ってるんだろう……。

3

八千代さんが寝込んでしまったという電話がかかってきたのは、ウチに遊びに来た翌日のことだった。

八千代さんは家に帰り着くと、疲れたからと言ってお風呂《ふろ》にも入らず、晩ごはんも食べずに床に就《つ》いて、そのまま朝になっても起きあがれなくなってしまったらしい。

「熱もあるし、咳《せき》もしてるっていうから、肺炎になりかけてるのかもね」

電話を切ったあと、お母さんは心配顔で言った。

「ひいばあちゃんに教えるの？」

わたしが訊くと、「まあ、それはお父さんに任せるしかないわよね」と、答えはため息交じりになった。

百歳近い年齢のことを考えると伝えないほうがいいかもしれないけど、あのキツい性格を思うと、黙っていたらヤバそうな気もする。

会社から帰ってきたお父さんもしばらく考え込んだすえ、「やっぱり話しといたほうがいいだろう」と険しい顔で離れの和室に向かった。

でも、数分後、居間に戻ってきたお父さんのしかめつらは微妙にニュアンスが変わっていた。

「強いよ、ほんと、あのばあさんは……」

平然としていたんだという。

いや、平然を超えて、「なにやってんだかねえ、ほんとにヤッちゃんは」とムッとした顔でつぶやき、「あのひとは気持ちの弱いところがあるからね、これでおだぶつかもしんないよ、やだやだ辛気《しんき》くさい」とまで言った。

お父さんからそれを聞いたとき、なにかすごく嫌な気分になった。お母さんも同じだったんだろう、やれやれ、という顔になって、「お見舞いに行くんだったら車で連れてってあげるのにねえ」と首をかしげる。

「まあ、ああいう性格だから長生きできるのかもしれないけど……もうちょっとなあ、ばあさんにとっても最後の友だちなんだし……」

お父さんの言葉をさえぎって、わたしは言った。

「友だちなんかじゃないんじゃないの？」

考えるより先に言葉が浮かび、口から転がり落ちた。

「だって、そうじゃん、ほかの友だちが先に死んじゃったから八千代さんと付き合ってるだけなんでしょ？　だから、ひいばあちゃん、ほんとはどうでもいいんだよ、八千代さんのことなんか」

お父さんとお母さんは顔を見合わせる。

わたしは一息につづけた。

「八千代さんも、べつにひいばあちゃんのことが好きだから遊びに来てたんじゃないんだよね、ほかに相手がいないから、しょうがないから遊びに来てただけで、そんなの友だちでもなんでもないんだよね、ぜったい」

自分の声を自分で聞くと、どんどん嫌な気分になってしまう。トモちゃんの顔が浮かぶ。絶交して四日目。あの子はまだ謝ってこない。授業中や休み時間に一瞬だけ目が合うことがあっても、わたしはソッコーで顔をそむけるから、あの子がどんな顔でわたしを見ているかはわからない。今日、初めて昼休みにタカコちゃんたちと遊んで、トモちゃんのシカト包囲網に誘われた。はっきりと答えたわけじゃないけど、やってもいいかな、と思ってる。明日になっても謝ってこなかったら、マジに。

わたしは肩の力を抜いて言った。

「友だちなんかじゃないのに友だちのふりしてても、しょうがないじゃん……」

お母さんが叱るような顔で口を開きかけたけど、その前にお父さんが静かに言った。

「友だちだぞ、あの二人は。子供の頃からいちばん仲良しだったんだ」

「……嘘だよ、そんなの」

「ほんとだって」

「だったら、なんでひいばあちゃんはあんなに八千代さんのこと怒るわけ？」

「そういう友だちだっているんだよ」

屁理屈《へりくつ》だと思った。わたしがコドモだからっていいかげんにごまかしてるんだ、とも。

「百万円賭《か》けてもいいよ、ひいばあちゃん、八千代さんが死んでもぜーったいに泣かないから」

わたしはそっぽを向いて言って、居間を出ていった。廊下や階段をわざと大きな足音をたてて歩いて、二階の自分の部屋に入るとベッドに寝ころんだ。

「サイテーッ」

わたしに、言った。

トモちゃんは次の日になっても謝ってこなかった。その次の日も、さらに次の日も。意地を張ってる。わたしなんかに謝るのはプライドが許さないんだ、どうせ。

休み時間には、毎日着実に広がるシカト包囲網の網の目をぐるようにして、おとなし系や地味め系の子を誘ってトイレに行く。でも、わたしに話しかけるときのような楽しそうな顔はしていない。この子はだいじょうぶかな、わたしのことシカトしてないかな、と不安なんだろう、きっと。

わたしはタカコちゃんたちといつもいっしょにいる。タカコちゃん、ちょっと不良っぽいけど、意外といいひと、だと思う。

「スミちゃんってさあ、なんか影薄いじゃん。だから利用されちゃうんだよ、トモなんかに」――かもね。

「でも、もうだいじょうぶだよ、ウチらが守ってやるから、トモは手出しできないって」――だといいな。

「親友だもん、ウチらとスミちゃんは」――うれしかった。

だから、学校帰りにタカコちゃんがミユキちゃんやアカネちゃんとプリクラを写すとき、「四人だとフレームに入らないから」とわたしだけ外で待つことになったのも、そのときのお金を「細かいのないから、ちょっと貸して」と言われてわたしの財布から出したのも、まだ返してもらってないのも……親友なんだから、まあ、いいや、と思うことにした。

八千代さんの容体は一進一退をつづけている。寝たきりのまま微熱が下がらず、食欲がほとんどなくなって、ずいぶん痩《や》せたという話だ。

ひいばあちゃんは八千代さんのことなんか忘れたみたいに、いつもテレビを観ている。「お見舞いに行くよ」とか「ヤッちゃんの具合、どうなんだろうね」とか、そんな言葉もいっさいなし。

ただ、お母さんが教えてくれた。昼間、お母さんの掃除や料理にケチをつけることが急に増えてきたらしい。

「ちょっといい？」と部屋に入ると、テレビを点けたままうたた寝をしていたひいばあちゃんは、座椅子のリクライニングを倒したまま――だから天井のほうを見つめて、「今年の梅雨はうっとうしいねえ」とつぶやいた。

朝からの雨。これで三日連続。ひいばあちゃんの部屋は母屋《おもや》にコブみたいにくっついた形で、二階はついていない。そのせいだろうか、屋根に落ちる雨音が居間よりもくっきりと聞こえる。

わたしは座椅子の後ろにしゃがみこんで、耳の遠いひいばあちゃんのために少し声を高くして、言った。

「ねえ、お見舞いほんとに行かないの？　心配じゃないの？　八千代さんのこと」

「そりゃあねえ」鼻で笑われた。「お見舞いに行って具合がよくなるんだったら、医者はいらないんだしねえ」

「友だちでしょ？」

今度は黙って、鼻で笑われた。ひいばあちゃんは強いひとだ。そして、冷たい。

「困ってるときに力づけてあげるのが、ほんとうの友だちなんじゃないの？」

休み時間の教室にぽつんといるトモちゃんの姿が一瞬浮かんで、消えて、まぶたが熱くなった。同情したわけじゃない。許してもいない。でも、泣きそうになった。

「話って、そのことかい？」ひいばあちゃんはそっけなく言った。「だったら、いいんだよ、スミちゃんには関係ないんだから、ね」

「……ひいばあちゃん、ひとつだけ教えて」

「うん？」

「八千代さんとひいばあちゃんって、友だちなの？」

ひいばあちゃんは少し間をおいて、「そうだよ」と言った。さっきよりさらにそっけない言い方だったけど、ごまかしているふうには聞こえなかった。

4

絶交から二週間め、ついにトモちゃんがわたしに話しかけてきた。それも、朝、先に登校して教室に鞄《かばん》を置いてから、昇降口の陰で待ち伏せするみたいにして。

シカトするつもりだった、もちろん。家でこっそりリハーサルだってやっていた。

でも、トモちゃんの「ちょっといい？」の声を聞き、わたしをじっと見つめる視線を受け止めた瞬間、背中で張り詰めていたものが、ふにゃっ、とゆるみかけた。

「……なんか用？」

「あのね、一言だけ言ってあげるけど、タカコとかと無理して付き合うのやめたら？あの子たち、スミちゃんのこと友だちだなんて思ってないよ」

「関係ないじゃん、べつに、トモちゃんには」

言ったあと、「ちゃん」なんて付ける必要なかったのに、と悔やんだ。

トモちゃんは、わたしをまっすぐ見たまま言った。

「関係あるでしょ」

「なんで？」

「だって……親友だもん」

ほら出た、いつものパターン。おせっかい。いいひとの真似《まね》。わたしを救うふりして、ほんとうは自分を救いたいだけ。サイテー。

「悪いけど、もう絶交してるから」とわたしは顔をそむけて言って、そのまま教室にダッシュした。

トモちゃんが追いかけてくるかもしれないと思ったけど、呼び止める声や足音は聞こえてこなかった。

教室に駆け込んで自分の席につくと、タカコちゃんが寄ってきた。

「スミちゃん、英語の教科書持ってるよね？」

「うん……」一時限めの授業だ。「持ってるけど」

「それ貸してくんない？　教科書忘れちゃったから、ヤバいんだよね」

答える間もなく、タカコちゃんはわたしの鞄を開けて、英語の教科書を抜き取った。

ちょっと待ってよ、わたしだって困るよ、そんなの、やめてよ——。

言えなかった。笑いながらミユキちゃんたちのほうに向かうタカコちゃんの背中を呆然《ぼうぜん》と見送っていたら、教室の外に立つトモちゃんの視線に気づいた。

トモちゃんは、やっぱりね、というふうに小刻みにうなずいて教室に入ってきた。シカト包囲網の中、誰とも口をきかずにいったん自分の席に向かい、机の中から出した英語の教科書を手に、わたしの席に近づいてくる。

わたしはうつむいて肩をすぼめた。タカコちゃんたちチェック入れてるだろうなあ、包囲網、裏切ったらヤバいよなあ、と唇を嚙《か》んだ。

教科書が、ぽん、と机の上に置かれた。

表紙に鉛筆で〈ごめんでした〉と書いてあった。

トモちゃんは忘れ物の罰で平常点を五点引かれた。わたしに教科書を貸したことを先生に言わなかったからだ。

なんで——？　そんなの、わからない。けっきょくお礼も言わなかった。休憩時間にトモちゃんが一人でトイレに行った隙《すき》に教科書を返して、それっきり。

タカコちゃんは、わたしを裏切り者とは呼ばなかった。教科書を返すときには「サンキュー、今度もなにかあったらよろしくね」とガムを一枚くれた。でも、貸したお金は今日も返してくれなかった。

放課後は一人で帰った。タカコちゃんたちに誘われたけど、テキトーな理由をつけて断って、昇降口のところでうろうろしてたトモちゃんに、とりあえず今日のところは「バーイ」と声だけかけてあげた。

明日は……まだ、決めていない。

5

家に帰ると、お母さんは出かける支度をしていた。

「どっか行くの？」

「八千代さんの家。雨が降りだしそうだから、おばあちゃん迎えに行かなきゃ」

「お見舞い行ったの？」

「そうなのよ」プッと吹き出した。「笑っちゃうわよ」

今朝、八千代さんの家から電話がかかってきた。八千代さんがゆうべから「千代さんに会いたい」と言いどおしなんだという。

「八千代さん、マジ、ヤバいわけ？」

「そうじゃないのよ、熱も下がって、もうだいじょうぶだろうって話なの。だからおばあちゃんに会いたくなったんじゃない？　ほんとに元気のないときだったら、おばあちゃんと会うのキツいもんね」

お母さんは靴を履きながら、「それでね……」と、また吹き出して笑った。

ひいばあちゃんは電話のことを聞くと、怒ったような、笑ったような、すねたような、泣きだすような、とにかく思いっきりヘンな顔になった。「ひとを呼びつけるなんて、なにさまだと思ってんだい」なんて言いながら、そそくさと、いそいそと、出かけていった。

「呼ばれたからしかたなく行ってあげるっていうのがいいのよ、おばあちゃんとしては」

「わけわかんねーっ」

口ではそう言ってみても、わたしの頬もついゆるんでしまう。

「八千代さんもね、それ、わかってるのよね、ちゃんと」

「うん……」

「長ーい付き合いなんだもん、あの二人」

「ジャクハイモノにはわからない、って？」

漢字で書けない言葉をつかってみたい気分だった、なんとなく。

「お母さん、わたしもいっしょに迎えに行っていい?」

ひいばあちゃんと八千代さんのツーショット、見てみたかった。


ぽつぽつと降りはじめた雨が車のフロントガラスを濡らすのをぼんやり見つめながら、トモちゃんとタカコちゃんの顔を交互に思い浮かべた。

友情って、むずかしい。小学生の頃にはそんなの気にしなかったのに、中学校に入ると急にややこしくなった。算数が数学に変わったみたいだ。高校に入るともっとむずかしくなって、大学生になるともっともっとむずかしくなって、オトナになったら死ぬほどむずかしくなって……で、百年ぐらいたったら、むずかしさが極限に達して、逆にめっちゃシンプルになっちゃうんだろうか。

「あんたがしっかりすればいいんだよ」と、ひいばあちゃんなら言うかもしれない。でも、わたしはたぶん八千代さんタイプなんだろうな。

お母さんがワイパーのスイッチを入れた。フロントガラスの雨粒は、ぎゅぎゅぎゅっ、というゴムの音といっしょにきれいに拭《ぬぐ》い取られた。

お母さんが八千代さんちのおばさんに挨拶をしている隙に足音を忍ばせて八千代さんの部屋の前まで行くと、ひいばあちゃんの声が聞こえてきた。

「ほら、なにやってんのよ、もっと口開けなきゃヤケドしちゃうじゃないか。あーんって、ほら、やってごらんよ」

襖《ふすま》を小さく開けて覗《のぞ》くと、布団《ふとん》の上に置いた座椅子に背中を預けた八千代さんに、ひいばあちゃんがレンゲでおかゆを食べさせてあげていた。

「はい、もう一口、がんばって食べて体力つけなきゃ、あんたね、夏を越せなくなっちゃうよ」

ひいばあちゃんはレンゲにすくったおかゆに息を吹きかけ、「ちょっと熱いねえ、気が利かないんだからさあ、あんたのとこの嫁も」とぶつくさ言いながら、パクッとおかゆを自分の口に入れて、冷ましてからまたレンゲに吐き出した。

「もうだいじょうぶだからさ、食べてみなよ」

ばっちいとは思わなかった。ほんとうに。なんか一世紀ってすごいじゃん、と思った。

一世紀たったら、わたしにもそんなことをしてくれる友だちができるだろうか。そんなことをしてあげられる友だちが、いてくれるだろうか。なんにもわからないけど、わからないから、ちょっと泣けた。

八千代さんも目をしょぼつかせ、顔をしわくちゃにして、おいしそうに、嬉しそうに、おかゆを食べていた。

「ほらあ、あんたまたこぼしちゃって……」

ひいばあちゃんのハナをすする音が、聞こえたような、空耳のような。

ドロップスは神さまの涙

1

たっちゃんに初めて会ったのは、五月だった。母の日の少しあと――教室の後ろの掲示板に貼《は》った『おかあさんの顔』の絵に、ヒゲの落書きをされた日。

たっちゃんは保健室のベッドに寝ていた。二つあるベッドのもう一方をわたしが使った。おなかが痛かった。頭も痛かったし、気分が悪くて吐きそうだった。

たっちゃんがこっちを見ているのはわかっていたけど、そのときはまだ名前も知らなかったし、下級生の男子にこっちから挨拶《あいさつ》するのはヘンだと思ったし、話すどころか目を合わせるのも面倒なほど具合が悪かったので、知らん顔してベッドに入った。

横になって目をつぶると、頭がくらくらするのがやっとおさまった。おなかの痛みや気持ち悪さも、少しずつ楽になってきた。

「河村《かわむら》さん」

保健室の先生が枕元《まくらもと》まで来て、わたしに声をかけた。去年から勤めているおばさんの先生だ。なんとかヒデコ、という名前だから、みんなはこっそり「ヒデおば」と呼んでいて、ひそかに怖がっていて、陰ですごく嫌っている。

「五年一組の次の授業、体育なんだね」

「はい……」

「じゃあ、このまま休んでなさい。細川《ほそかわ》先生にはわたしから言っといてあげるから」

特に怒っていなくても、ヒデおばの言い方はそっけない。太った体つきに似合って、声も低くてしわがれている。度の強いメガネの奥の目はいつもなにかをにらんでいるようで、おっかない。

じっさい、ヒデおばは保健室の先生とは思えないほど怖くて厳しかった。転んで膝《ひざ》をすりむいても、虫歯が痛くなっても、ドッジボールで突き指をしても、泣きながら保健室に入ったら叱《しか》られる。泣きやむまで薬を塗ってくれない。去年の秋には、ズル休みをして保健室に来た六年生の男子がビンタを張られたというウワサも流れた。

わたしは泣かずに保健室に入った。だから、なんとかセーフ。泣くわけがない。わたしはもう五年生だし、学年がいくつでも、こんなことで泣いたら悔しくてしょうがない。

『おかあさんの顔』、がんばって描いた。細川先生にもほめられたし、母の日の授業参観に来てくれたおかあさんもよろこんで、家に持って帰ったらリビングに飾ろうね、と言ってくれた。でも、もうだめだ。あんな落書きをされた絵を家に持ち帰ったら、おかあさんは悲しむだろうし、心配もするだろう。落書きはヒゲだけではなかった。「死ね」「バカ」「ばいきん」――ふだん口で言われていることを書かれた。

朝、登校して落書きに気づいた。ヒゲも字も小さくて目立たない。でも、どちらもボールペンだった。消しゴムだめじゃん。サイテー。ちょっとは救いを残してくれたっていいのに。ひとごとみたいに思って、ひとごとみたいに笑って、黙って席についた。

教壇に立つ細川先生は気づかないだろう。それでいい。気づいてほしくない。「誰がやったの?」とか、「まさか、このクラスにいじめがあるんですか?」とか、話を大げさにしないでほしい。そーっと。そーっと。わたしは平気だから。本人が気にしていないことを、他人が大騒ぎしないでほしい。体育館シューズを校舎の裏の側溝に捨てられたときも、椅子《いす》の上に鉛筆の削りかすが載っていたときも、わたしは誰にもなにも言わなかった。

『朝の会』と一時間目の社会の授業のときは、先生はずっと教壇にいた。ほっとして、午前中いっぱいはそこにいてください、と祈った。昼休みに絵を掲示板からはずすつもりだった。白いチョークかホワイトマーカーで、それがだめなら白い絵の具で、字の落書きだけでも消して、また掲示板に戻す。午後は理科室に移動して二時間つづきの理科の授業なので、なんとかなる。家に持ち帰る絵は、画用紙を買って、同じような絵を、どこかで、こっそり、がんばって……みんなに見つからない場所を探さないと……。

そんなことを考えていたら、二時間目の算数の授業中、先生は教壇から下りて、問題を解くわたしたちの席を回りはじめた。胸がどきどきした。教室の後ろに行かないで。掲示板を見ないで。絵を見ないで。じっくり見ないで。不安に押しつぶされそうになりながら祈りつづけ、もしも先生が落書きに気づいたらどうしよう、どんなふうにごまかして、どんなふうに話をそこで終えてしまおうか、と考え込んでいたら、おなかが痛くなってきた。頭もずきずきと痛みはじめて、その痛みをこらえていたら車酔いしたときのように気持ち悪くなってきた。

休み時間までは、あと二十分以上ある。がまんするつもりだった。授業中に保健室に行くなんて嫌だ。目立ちたくない。そーっと。そーっと。みんながわたしに意地悪することに飽きるまで、そーっと、いるのかいないのかわからないような子でいたい。

でも、おなかも頭もどんどん痛くなる。目を開けていられない。閉じたまぶたの中で、光がアメーバみたいに伸びたり縮んだりしはじめて、苦いものが喉《のど》にせりあがってくる。もしも教室で吐いたら、ほんとうにヤバいことになる。「ばいきん」ではすまない。もっとひどいことを言われる。

先生を呼んだ。声を出すと、一緒に吐いてしまいそうで怖かった。でも、なんとか声は先生に届いて、振り向いた先生もすぐに「河村さん、顔、真っ青よ」と気づいてくれた。

教室を出るときには保健委員のミキちゃんと一緒だった。でも、ミキちゃんは廊下を少し歩いて話し声が聞こえないところまで来ると、「一人でだいじょうぶだよね？」と言った。「悪いけど、カワちゃんが自分から一人で行くって言ったことにしてくれる？」――わたしが返事をする前にダッシュで教室に引き返してしまった。

気持ちはわかる。わたしと一緒にいたら、ミキちゃんは裏切り者になってしまう。三十秒以上そばにいるとうつるらしい、カワムラ・ウイルスは。ばいきんとウイルスをごっちゃにしてるところ、ばかだと思う。ほんと、ばか。あいつらみんなばか。死ね。ころす。消す。全消去。ギャクサツ。

ベッドで横向きに寝ていたら、だいぶ楽になった。もうすぐ二時間目の終わりのチャイム鳴るかな、と寝返りを打ってあおむけになったら、隣のベッドの男の子が体を起こしていることに気づいた。

ひゃっと驚いて、思わず掛《か》け布団《ぶとん》を肩まで引き上げると、男の子はくすっと笑った。

胸の名札を見た。〈一ねん一くみ　まえだたつや〉──ウチの弟と同級生だった。

「おなか、もうなおった？」

まえだたつやくんは訊《き》いた。女の子みたいに、細くて、高くて、きれいな声だった。てめー、ばーか、ブスねえちゃん、と生意気なことばかり言う弟とは全然違う。顔も上品そうで、色白で、細おもてで……病人みたい、だった。

「まだいたいの？」

ううん、だいじょうぶ、と小声で答えた。

まえだたつやくんはほっとしたように笑って、でも、すぐにさびしそうな顔にもなった。

「かえっちゃう？」

教室に──？

一瞬きょとんとしたけど、すぐに、ああそうか、とわかった。わたしが教室に戻ってひとりぼっちになるのが嫌なんだ。

だいじょうぶだよ、と笑って言った。三時間目も寝てるから。

「あたまは、まだいたいの？」

うん、まあ、ちょっとね。

「ずきずきするの？」

けっこう。

「たっちゃん」――ヒデおばが、怖い声で言った。机で書きものをしながら、もっと怖い声で「横になってなさい」とつづける。

まえだたつやくんは、いたずらが見つかったようにあわてて、でも、見つけてほしかったみたいにうれしそうに、ベッドに横になって寝たふりをした。

一年生、ガキだなあ、とわたしも笑う。ヒデおばが「まえだくん」ではなくて「たっちゃん」と呼んだのもちょっと意外だった。おっかない声と全然似合っていなかったけど、ヒデおばもそんなふうに学校の子どもを呼ぶことがあるんだと思うと、なんだか背中がくすぐったい。

二時間目の終わるチャイムが鳴って、校内は急に騒がしくなった。でも、保健室のまわりは静かなままだった。クラスの教室がある校舎と中庭を隔てて向かい合う、職員室や図書室や理科室のある校舎のいちばん端――保健室に用事のあるひと以外は、誰も通らない。

だから校内のにぎわいは遠い。誰かを呼ぶ声や、笑う声や、廊下を走る足音が、ぜんぶ遠い。みんな楽しそうだな、と思う「みんな」も遠い。わたしのそばにはわたししかいない。でも、それは教室にいても同じだ。近くにいるのに遠いのと、遠くにいるから遠いのと、どっちがいいか。考えるまでもなかった。保健室、意外といいかも、と思った。

ヒデおばが職員室に電話をかけた。「五年一組の細川先生います?」と、わたしたちに言うのと変わらないぶっきらぼうな声で言って、電話に出た細川先生にも「河村さん、もう一コマ休ませるから」と無愛想に言った。電話はそれで終わりかと思っていたら、細川先生がなにか長い話を始めたのか、ヒデおばは受話器を耳にあてたまま、ふん、うん、ふん、ふん、ああそう、ふうん、ふん、と相槌《あいづち》を打った。態度でか。歳《とし》は細川先生よりヒデおばのほうがずっと上だけど、クラス担任の先生のほうが保健室の先生よりえらいんじゃなかったっけ。違ったっけ。よくわからない。ただ、電話の最後にヒデおばが「そうじゃないよ」と言った声は——すごく怖かった。

三時間目が始まって、校内はまた静かになった。ヒデおばは「よっこらしょ」とつぶやいて椅子から立ち上がり、ベッドに来た。

「具合、どう」

白衣のポケットに手を突っ込んで立ったまま訊かれると、よけい怖い。

だいぶいいです。かすれた声で答えると、ヒデおばは、ふうん、とうなずいて、ポケットからなにか取り出した。

「ちょっと、手を出しなさい」

「え？」

「いいから、ほら」

ポケットから出したのは、ドロップスの缶だった。

赤いのをもらった。イチゴ味だ、たしか。

ヒデおばは「はい、あんたにも」と、たっちゃんには黄色いレモン味のドロップスを渡した。いつものことなのか、たっちゃんは驚いた様子もなくそれを受け取って、すぐに口の中に入れた。

ヒデおばは「ちょっと用事あるから」と言って部屋から出て行った。

学校でお菓子を食べるのは、もちろん禁止だ。持ってきただけでも叱られてしまう。

先生がこんなことしちゃっていいんだろうか、とドロップスを手のひらに載せたまま迷っていたら、たっちゃんが「いらないの？」と訊いてきた。「はやくなめないと、てがべとべとになるよ」

「……うん」

「よかったね、カワムラさん」

「なにが？」

「ドロップス、ふつーはもらえないんだよ。ぼくしかもらえないの」

「……いつももらってるの？」

「だって、おくすりだもん」

これ、咳止《せきど》めの薬――？　でも、ヒデおばがポケットから出した缶は、緑色の、お店で売っているやつだった。

まあいいや、もういいや、先生がくれたんだから、わたしが「ほしい」って言ったわけじゃないんだから知らないっ、と赤いドロップスを口の中に入れた。イチゴの香りと味がふわっと広がった。おいしい。家でもたまにおやつでドロップスをなめることはあるけど、それよりおいしい。学校で、授業を休んでなめているからだろうか。

たっちゃんは、またベッドに起き上がってわたしを見つめた。うれしそうに笑っていた。顔色はあいかわらず青白かったけど、ドロップスが口の中に入っているせいか、ときどき左右のほっぺが、ぷくん、ぷくん、とふくらんで、細くてやせた顔が少しだけ元気よさそうになる。

「カワムラさん、イチゴ?」

「そう。たっちゃん、レモン?」

思いきってあだ名で呼んでみると、たっちゃんは「うん、すっぱい」と顔をくしゃっとしかめて笑った。

わたしも、やーい、と笑った。学校で誰かと一緒に笑うのは、五年生になってからそれが初めてだった。


ゆーれい——と、弟はたっちゃんのことを呼んだ。幽霊の、ゆーれい。

「だって、まえだくんって、ぜんぜんがっこうにこないんだもん。いるけど、ずーっとやすんでるから、だれもしゃべったことないの」

だから、幽霊。

入学式のあと何日かは教室にいたけど、やがて学校を休みがちになって、五月の連休明けからは一度も顔を見ていない。

「なんかねー、からだがよわいんだって。しんぞうとかじんぞうとかかんぞうとか、よくわかんないけど、しゅじゅつしないとしんじゃうってウワサ」

「そうなの?」

「うん……だから、ずっとやすんでるから、ほんとはもうしんでたりしてーって、みんないってる」

ばか、と頭をはたいてやりたかった。保健室に来てるよ、とも教えてやりたかった。でも、弟はおもしろがって「じゃ、こんど、みんなでほけんしつにいってみる」と言い出すかもしれない。

「でも、なんでおねえちゃんがしってるの、まえだくんのこと」

「ナイショ」

「ゆーめいなの？」

まあね、と笑ってごまかして、自分の部屋に入った。

机の上に画用紙を広げた。こっそり持ち帰った『おかあさんの顔』の絵の落書きを、白い絵の具と肌色の絵の具で消していった。

四時間目に教室に戻ったとき、細川先生は「どう？　もうだいじょうぶ？」と訊いてきた。でも、それ以外に特別に話しかけてくることはなかった。落書きには気づかなかったようだ。ラッキー。このまま、そーっと。そーっと。もうすぐ飽きる。あいつらはわたしを悲しませたり困らせたりしたいんだから、こっちが平気な顔をしていれば、意地悪をしても効果がなくて、つまらなくて、ばからしくなって、もうじきやめる。だいじょうぶ。あと二週間、ぐらい、かも。明日いきなり終わる、かも、みたいに。

わたしは負けない。絵筆を走らせながらくちびるをキュッと嚙《か》んだ。あのあと給食を食べたので、イチゴのドロップスの味は口の中には残っていない。でも、すごくおいしかったな、あれ。口を閉じたまま、ドロップスを転がすみたいに舌を動かした。ほんとうにおいしかったな。家に帰ってから昼間のことを思いだして元気になるのも、たぶん、五年生になってから初めてのことだと思う。

2

月曜日の朝は、いつも期待する。無理無理無理無理ありえない不可能、と頭ではわかっていても、心の隅っこで少しだけ。

火曜日から金曜日までは、昨日と今日がひとつづきだから、絶対に無理、あきらめるしかない。でも、学校のない土曜日と日曜日を挟んで迎える月曜日は、もしかしたら気分が変わるかもしれない。金曜日は三日も前のことだから、週末の間に気持ちが途切れてしまうかもしれない。

もう、やーめた――みんながいっせいにそう思ってくれたら、意地悪は終わる。なんかばからしくなっちゃって、と笑ってくれたら、わたしだって笑ってあげる。でしょ、でしょ、やっとわかった? 同じクラスなんだからさあ、わたしキツかったんだからずーっと、ほんと、マジ、ジサツ考えたし、とゆるしてあげる。怒りや恨みや悔しさや悲しさは、とりあえず隠してあげる。いままでのこと、なかったことにしてあげる。忘れたふりをしてあげる。優しくておとな。泣きそうなほど。わたし、いいやつだと思う。

六月の最初の月曜日も期待した。

でも、教室に入ると、やっぱりなにも変わっていなかった。誰もわたしに「おはよう」と言ってくれない。長《なげ》えよ。しつけえよ。おまえら。

がっかりして席について、図書室から借りてあった本を読んだ。五年生になってから読書が好きになった。本を読んでいれば、目を向ける場所が見つけられる。みんなから意地悪をされてわかったことがある。しゃべる相手がいないのは、べつにいい。困るのは目だ。見るものがない。どこを見ても、あいつらが目に入ってしまう。見たくない。自分を無視する相手を見つめていると、すごく、負けっぽい。本がなければうつむいているしかない。なにも見るものがないというのは、なにもすることがないというのと同じで、教室でなにもすることがないというのは、五年一組の一人として死んでいるのと同じだと思う。本があってよかった。わたしには見るものがある。やることがある。ページをめくる。忙しい忙しい。読書に夢中。一所懸命だから、悪いけど相手にしてられない、あんたらのこと。これで本の中身が頭に入っていれば、もっといいんだけどな。

ほんとうは、かなり——すごく、期待していた。月が変わったし。ウチの学校には制服はないけど、近所で見かける私立の子は衣替えで夏服になったし。気分を切り替えるにはサイコーのタイミングだ。わたしならやめる。ここで、すぱっとやめる。朝、目が覚めたときには、やったね、という予感もあった。よし終わった、もう終わった、と一人で決めていた。

だから、最初のがっかりが消えたあとも、じわじわと胸が締めつけられる。

まだ終わらない。まだつづく。もしかして一生——？

気持ち悪い。うえっ、と吐きそう。ほんとうに吐きそう。舌の裏の付け根から、ねばっこい唾《つば》がどんどん湧《わ》いてくる。呑《の》み込みたいけど、喉がひくひくしてうまく動かない。気持ちの悪さをこらえていたら、寒気がしてきた。喉のまわりはうっとうしいほど熱いのに、額やこめかみがすうすうとひんやりする。吐きそう。苦いものが喉の奥をせりあがったり戻ったりする。一気に喉を逆流するタイミングをうかがっているみたいだ。

だめだ。いま、『朝の会』のチャイムが鳴った。でも先生が来るまで待てない。吐きそう。口の中が苦くて酸《す》っぱい。唾はじゅくじゅくと湧いているのに、口の中がからからで、歯ぐきと頬の裏側がくっついてしまう。吐きそう。だめだ。吐きそう。

席を立った。教室を出た。そーっと。そーっと。誰かが見ている。誰かが笑っている。誰かが「ばいきーん」と声をかける。誰かが誰かとひそひそ声で話して、くくっと笑う。

廊下で細川先生と出くわしたので、具合が悪いんです、トイレ行ってきます、と言った。

「河村さん」

先生は心配そうな顔でわたしを呼び止めて、「だいじょうぶ?」と訊いた。

だいじょうぶじゃないからトイレに行くのに。

トイレの個室に入ってから気づいた。吐き気はおさまっていた。気持ち悪さや寒気は残っていたけど、がまんできないほどではなかった。ほっとして、なーんだ、とも笑って、もう一つのことにも気づいた。

細川先生の「だいじょうぶ?」は、もっと別のことを訊いていたのかもしれない。先生は、もう知っているのかもしれない。

教室に戻りたくない。先生に顔を見られたくない。よけいなことを言われたくない。そっとして。黙ってて。知らん顔して。無理だと思うけど、わかって。

トイレを出た。廊下をのろのろと歩きだした。五年一組の子は五年一組の教室で授業を受けなければいけないなんて、誰が決めたんだろう。

廊下の途中で、また吐き気がこみあげてきた。口を手で押さえ、トイレに駆け戻ると、おさまっていた。だいじょうぶ、もうだいじょうぶ、と外に出て歩きだすと、また吐き気に襲われる。トイレに戻ると消えている。

それを何度か繰り返したすえに、教室とは逆の方角に歩いてみた。

だいじょうぶ。

もう振り向いても平気だろうかと思ったけど、やっぱり怖くて、足を止めずに歩きつづけた。教室から遠ざかる。吐き気はもう襲ってこない。気持ち悪さや寒気も少しずつおさまってきた。階段を降りる。渡り廊下を進む。授業中にいられる場所は、五年一組の教室以外には、保健室しかなかった。

机に向かって書きものをしていたヒデおばは、戸口に立つわたしに気づくと、「失礼しますって言えるでしょ、口があるんだから」と怒った声で言った。「それで、なに？　具合悪いの？」

「……吐き気がするんです」

「五年一組の河村さんだよね」――名前、覚えているとは思わなかった。

ヒデおばはわたしを机の横の椅子に座らせると、にらむような目つきでじろじろ顔を見て、「横になってなさい」と言った。吐き気のことを尋ねるわけでもなく、熱を計ったり薬をくれたりするわけでもなく、「ベッドの下に洗面器があるから、それ枕元に置いて、気持ち悪くなったら吐きなさい」の一言だけで、書きもののつづきに戻ってしまった。

ほんとうは、もう吐き気はすっかり消えていた。気持ち悪さも寒気もない。だから、これは仮病ということで、サボりで、ズル休みになる。ばれたら叱られる。去年のウワサみたいにビンタを張られるかもしれない。

わたしは黙って、なるべく具合悪そうにうつむいて歩きだした。

ヒデおばに言われたとおりベッドの下から洗面器を出して枕元に置き、上履きを脱いでベッドに上がろうとしたら、「おはよう」と隣のベッドから声をかけられた。

たっちゃんだった。

「カワムラさん、またきたね」

このまえとは違って、たっちゃんの頭の下には氷枕が敷いてあった。起き上がりそうな気配はないし、声もこのまえよりか細くて弱々しかった。

でも、たっちゃんはなつかしい友だちに再会したみたいに、「げつようびって、だめなんだよね」と話をつづけた。「どにちでちゃんとやすんだから、だいじょうぶだとおもっても、やっぱりだめなの」

「熱、出ちゃうの？」

「そう……いすから、ころんで、おちちゃうの」

かっこわるーっ、と笑う。それだけのことで、はあ、はあ、と息が苦しそうになる。

「たっちゃん、うるさいよ」——ヒデおばがベッドに来た。

怒った声で「寝てなさい」とたっちゃんに言って、もっと怒った声で「あんたも五年生なんだから、たっちゃんが具合悪いのわかるでしょ、少しは考えなさい」とわたしを叱りつけた。

「……すみません」

「河村さんも気持ち悪いんでしょ、吐くの、吐かないの、どっち」

そんなこと言われたって。

「吐いちゃいそうなの？　自分のことだからわかるでしょ」

もうちょっと優しく訊いてほしい。

「どうなの？」

口を開いて答えると泣きだしてしまいそうだったので、黙って首を横に振った。

「吐かなくてもだいじょうぶなの？」

今度は縦に振った。

ふうん、とヒデおばはうなずいて、白衣のポケットを探った。

カラン、と音がした。ドロップスが缶の中で転がる音だ、とわかった。

「手、出しなさい」

ほら早く、なにぐずぐずしてるの、とせかされて、手のひらを出した。ヒデおばは缶を軽く振る。缶の口からこぼれ出たのは、白いドロップスだった。

「なにいろだった？」とたっちゃんに訊かれた。

「白……ハッカだよ」

たっちゃんはハッカが嫌いなのだろう、「はずれーっ」と笑った。

でも、わたしはハッカのドロップスが好きだから、「当たりーっ」と言い返してやった。

ヒデおばは缶の蓋《ふた》を閉めながら「河村さん、元気なんじゃないの？」とにこりともせずに言って、「まあ、いいけどねえ」と机に戻っていった。

「あれ？　ぼくには？　ドロップスないの？」

拍子抜けして訊くたっちゃんに、ヒデおばはそっけなく「ない」と言った。「起き上がってなめないと、喉にひっかかるでしょ」

たっちゃんもそれは最初からわかっていたのか、わたしを見て「やっぱ、だめだったぁ」と目を細めて笑う。まぶたに青い血管が透けていた。笑ったあとの顔は、ぐったりとしているようにも見えた。

わたしはベッドの縁に腰かけたまま、ドロップスを口に入れた。ハッカのすうっとした刺激が口の中に広がって、鼻に抜ける。

ヒデおばは机にファイルを広げて、わたしに声をかけた。

「あんた、今日はもう給食までここにいなさい」

午前中ずっと――？

「保健室に行くこと、細川先生に言ってる？　言ってないの？」

「……言ってません」

「黙って来ちゃったの？」

「……はい」

叱られる。もう、これは、絶対に。

ヒデおばは、ほんとにもうっ、といらだたしそうに椅子を引いて、「いまから五年一組に行ってくるから」と立ち上がった。「あんたたち、留守番してなさい」

騒いでたらひっぱたくからね、と付け加えた声は怖かった。

わかったね、とわたしを振り向く顔も怖かった。

でも、わたしのためにわざわざ五年一組の教室まで行ってくれる。「もしアレだったら、放課後までここにいていいから」とも言ってくれた。

「やったねーっ」とよろこんだのは、たっちゃんだった。

二人きりになると、たっちゃんは「ハッカって、おいしいの？」と訊いてきた。

「からいでしょ？」

この味をからいと言うのかどうか、よくわからない。でも、確かに、一年生の頃はわたしにもハッカは「はずれ」だった。

「ねえ、たっちゃん……保健室って、週に何度も来てるの?」

「けっこうたくさん。でも、ぼく、がっこうやすむひのほうがおおいし」

「ウチの弟、たっちゃんの同級生なんだよ。河村武志《たけし》っていうんだけど、知ってる?」

「……ぼく、クラスのこ、ぜんぜんしらない」

だよね、とうなずいた。ハッカの香りのついたため息が漏れる。この子もわたしとは違う意味でひとりぼっちなんだな、と思う。

「ドロップス、いつももらってるの?」

「そう。ねつがあるときはくれないけど」

「ほんとはお菓子って食べちゃいけないんだよ、学校では」

「でも、おくすりだよ」

違うってば、とあきれて笑った。たっちゃんも、えへへっ、と笑う。

「おいしい? ハッカ」

「うん、おいしい」

「ぼくね、ブドウがすき」

「あ、わたしも、いちばん好きかも」

「でも、なかなかでてこないの、ブドウ」

たっちゃんはしょんぼりした顔になる。でも、ドロップスには二種類ある。緑の缶のやつと赤い缶のやつ。緑の缶のドロップスにはブドウは入っていないはずだ。あれは赤い缶のほう。知らないんだ。一年生だし。

教えてあげようかと思ったけど、なんだかそれもかわいそうな気がして、黙ってハッカのドロップスをなめた。

「カワムラさん、しってる？　ドロップスって、かみさまのなみだなんだよ」

「はあ？」

「ヒデコせんせいがおしえてくれたの。うたがあるんだって、『ドロップスのうた』っていうの」

たっちゃんは『ドロップスのうた』を歌いだした。なきむしの神さまが赤い涙や黄色い涙を流して、それがドロップスになった、という内容だった。たっちゃんの声は細くて、かすれてもいて、メロディーはよくわからなかったけど、「いーまではドロップスーッ」というところ、なんとなく聞き覚えがあった。

「かみさまって、なきむしだから、かなしくてもなくし、うれしくてもなくんだって」

「ふうん」

「だからね、ヒデコせんせいがくれるドロップスって、かみさまがかなしくてながしたなみだなんだって」

ちょっと嫌だった、それ。

「うれし涙かもしれないじゃん」

口をとがらせて言うと、たっちゃんは「だって……」と言い返した。「びょうきになるのって、かなしいでしょ?」

「……それはそうだけど」

「はやくよくなりなさいって、かみさまがながしたなみだだから、おくすりなの」

「誰がそんなこと言ってたの?」

「ヒデコせんせい」

うそ。信じられない。あんなにおっかないヒデおばなのに。似合わない。

「ねえねえ」——ヒデおば、と言いかけて、たっちゃんに合わせて「ヒデコ先生」と言い直した。

「ヒデコ先生って、たっちゃんと二人だったら優しいの?」

「わかんないけど、おこるとこわい」

「でっしょーっ」

よかった。ちょっとほっとして、ちょっとうれしかった。大げさに相槌を打ったはずみにドロップスがこぼれ落ちそうになった。あわてて口の中に戻して、嚙みくだいた。ハッカの刺激がいっぺんに強くなる。悲し涙なんだ、このドロップス。そう言われてみると、ハッカの味は悲しい味かも。わたしはいま、悲し涙をなめて、嚙んで、嚙みくだいて、細かなかけらにして、ごくん、と呑み込んだ。

早くよくなりなさい――病気の子に神さまはそう言ってくれるのなら、わたしみたいな子にはどんなことを言うのだろう。

早くみんなにゆるしてもらいなさい。違う。早く先生やお母さんに相談しなさい。違う。早く怒りなさい。ちょっと違う。早くジサツしなさい。全然違う。わからない。でも、このまえのイチゴも、今日のハッカも、悲し涙のドロップスはおいしかった。

「もうかんじゃったのぉ？　もったいなーい」

わたしも、いまになって少し後悔している。

ヒデおばが戻ってきた。

手に、赤いランドセルを提げていた――わたしの。

「河村さん、あんた、今日はずっとここにいて自習しなさい。勉強でわかんないところがあったら、教えてあげるから」

ヒデおばはランドセルをベッドにどすんと置いた。ワケがわからないわたしをよそに、「あー、重かった、もうっ」とランドセルをにらみつけた。

「今度からここに来るときは自分でランドセル持っておいで」

「……え？」

「自分のことは自分でやりなさい。そんなの常識でしょ」

ぷんぷん怒って席に着いて、ぷんぷん怒って仕事のつづきにとりかかる。

わたしのこと、ヒデおばは、ぜんぶ知っている——みたいだ。

不思議だった。細川先生には絶対に知られたくなかったのに、ヒデおばにはそんなこと思わない。どっちかというと、知ってくれてよかった。もう隠さなくていい。そーっと、しなくていい。そーっと、生きなくてもいい。

「先生」

くちびるをなめて、ハッカの味が残っていないか探した。意外とあった。舌の先っちょがすうっとした。

「あのね、ウチのクラスって、もう、サイテーなんですよ……」

ヒデおばは分厚い本をめくりながら「んー？」と面倒くさそうな声を出して、「黙って勉強しなさい」と言った。

3

ヒデおばはなにも助けてくれない。なにも言ってくれないし、なにもしてくれない。ただ、わたしを保健室にいさせてくれるだけだった。

教室にいるのがキツくなると、保健室で自習をする。たっちゃんは、いるときもあればいないときもある。家に帰って弟に確かめると、たっちゃんは保健室にいない日はいつも学校を休んでいた。そして、学校に来た日はいつも――早いときは『朝の会』の前から、遅くても給食の前には、ぐったりして保健室に入ってくる。

でも、保健室にいるときのたっちゃんは、元気はなくても楽しそうだった。ヒデおばにドロップスをもらうと、うれしそうに、にっこり笑う。ブドウのドロップスがあれば、もっとよろこぶはずだけど。

ときどき、保健室に電話がかかってくる。ヒデおばはいつもぶっきらぼうに応対する。

「だめだよ」――ぴしゃりと断るときの声は、ほんとうに怖い。もっとぶっきらぼうに、もっと怖い声で「いいかげんにしなさい」と怒ることもある。うっとうしそうな相槌で相手の長い話を聞いたあげく、「よけいなことしなくていいから」の一言で電話を切ってしまうことも。

誰と話しているのか、最初はわからなかった。でも、ある日、つい、ヒデおばは相手の名前を口にしてしまった。

「あのねえ、細川先生、あんたもねえ……」

それですべてがわかった。初めて保健室に来た日に細川先生に電話で言った「そうじゃないよ」の意味も、その日ヒデおばがわたしとたっちゃんを残して出かけていった先も。

ヒデおばが電話を切るのを待って、わたしは言った。

「守ってくれてたんですか？」

ヒデおばは机の上の消しゴムかすを手で払いながら「違うよ」と言った。

「でも……」

「あんたがいたい場所にいさせてあげただけだよ」

「だから、守ってくれてたんでしょ？」

「ほっといただけ」

机の上はもうきれいになっているのに、ヒデおばは手を休めない。

「細川先生、教室に来なさいって言ってるんですか？」

「そりゃあね、あんたは五年一組の子なんだし、細川先生はクラス担任なんだから」

「教室に行ったほうがいいですか？」

「自分のことは自分で決めなさい」

「……ずっと、ここにいてもいいんですか？」

「あんたがそうしたいんなら、そうしなさい」

「このまま……ずーっと保健室だと、まずいです、よね」

「知らないよ、そんなの」

突き放されているのに、さびしくない。隣のベッドでたっちゃんが「いればいいじゃん、カワムラさん」と言うから、もっとさびしくない。

「先生、なんで最初にわかったんですか？　わたしがみんなから意地悪されてること」

「うーん？」

「だって、わたし、なにも言ってなかったのに」

ヒデおばは仕上げのように机の上にぷーっと息を吹きかけてから、「頭とおなかが同時に痛くなる子は、たいがいそうだよ」と言った。

へえ、そういうものなんだ、とうなずくと、ヒデおばはやっとベッドのほうを見て、つづけた。

「あとね、あんたね、なんで意地悪っていうの？　そういうときの言い方は知ってるでしょ、五年生なんだから」

胸がどくんと高鳴った。おろしたての白いシャツに、カレーとかラーメンのスープとかの染《し》みが散ったとき、みたいに。

いじめ——なんだ。

わたしは、みんなからいじめられているんだ。

鬼ごっこの鬼につかまった。ずっと必死に逃げてきたのに、追いつかれた。

「あんた、クラス委員なんだってね」

そう。五年生はクラス替えしたばかりなので、細川先生は選挙ではなく、先生の指名でクラス委員を決めた。わたしになった。三年生のときも四年生のときも一学期のクラス委員だったし、勉強も女子でわたしがいちばんよくできるし。

「張り切りすぎた？」

たぶん、そう。五年生で初めて同じクラスになった子たちが「カワちゃんは先生にひいきされてる」と陰で悪口を言っているのがわかったから、よけいクラスをまとめるためにがんばった。それを、「いばってる」と思われた。みんなにどんどん話しかけていたら、「病気をうつすばいきんみたいだ」と言われた。最初は二、三人だったのに、あっというまにクラスの女子全員に広がった。そっちのほうがばいきんみたいだ。いじめは伝染病だ。しかも、かかった子ではなく、かからなかった子のほうが苦しめられる。サイテーの伝染病で、センプク期間も、何日で治るかも、特効薬も、なにもわからない。

「意地悪されてるって思ってたほうがいいの?」

「だって……」

いじめに遭うのは、だめな子だと思っていた。弱くて、とろくて、負けてる子がいじめに遭う――だから、わたしじゃない。

認めなさい、と言われたらどうしよう。あんたはほんとうは弱くて、とろくて、負けてるから、いじめに遭ってるんだよ、と言われたら、どうしよう。

でも、ヒデおばはそれ以上はなにも言わなかった。

代わりに、わたしとたっちゃんのそばに来て、いつものようにドロップスをくれた。わたしは薄い青のスモモで、たっちゃんは緑色のメロン。甘いのかすっぱいのかはっきりしないスモモは、わたしには「はずれ」だった。たっちゃんもちょっと残念そうだった。だからブドウは緑の缶には入ってないんだってば。

悲し涙を、口の中に放り込んだ。

「はずれ」のドロップスだから、すぐにがじがじと奥歯で嚙みくだいた。

悔し涙になった。

ほんとうに泣きだしそうになったから、まだかけらがたくさん残っているうちに、ごくん、と呑み込んだ。

細川先生に待ち伏せされた。六月の半ば過ぎ——その頃はもう毎日のように保健室にこもっていた。放課後はみんなが下校して校内が静かになったのを見計らって、昇降口に向かう。先生はそこでわたしを待っていた。

「河村さんに渡したいものがあるの」

先生はなんだか得意そうだった。ショルダーバッグからプリントの束を取り出すしぐさも、プレゼントを見せるときみたいに、じゃーん、と声が出そうな明るさだった。

「あのね、今日の学級会で、みんなにお詫《わ》びの手紙を書いてもらったの」

「……え？」

「河村さんが保健室に行ってる間に、何度も話し合いしたの。みんなも反省して、河村さんにお詫びの手紙を書こうって決めて」

それが、このプリントの束。女子だけではなくて、意地悪を見ていて止めなかった男子も全員書いたのだという。

「まあ、河村さんとしてはゆるせないかもしれないけど、読んであげてほしいの。みんなまじめに書いてるから。泣きながら書いたって子もいたのよ」

先生の声が、すうっと遠ざかる。違う、わたしがすうっと後ろに引っぱられていくような感じがした。

なんで——。

声は出なかった。口も動かなかった。でも、わたしには聞こえる。

なんでそんなことするんですか——。

「保健室登校っていうのよ、いまの河村さんがやってること。いじめに遭って教室にいられない子が、緊急避難みたいに保健室に集まるの。でも、それは緊急避難だから、いつまでもつづけてたら困るでしょ、河村さんも。先生だって、いまは保健の先生に言われてるからお母さんには連絡してないけど、やっぱりね、いつまでも黙ってるわけにはいかないでしょ。来月には保護者会もあるし、個人面談もあるんだから、それまでには教室に戻ってないと」

なんでそんなこと言うんですか——。

わたしはみんなからいじめられたんじゃなくて、意地悪された。教室にいられなくなったんじゃない、いたくないから、保健室に行った。避難したわけじゃなくて、あそこが好きだから、ずっといる。

「みんなも反省してるの。先生がきっちり叱ったからね」

ほんとよ、だから安心して、と先生は笑う。

最初から心配なんかしてない。月曜日にはちょっとだけ期待して、いつも裏切られて、火曜日から金曜日まではあきらめてるだけだ。

「とにかく、手紙、読んであげて。で、明日からは教室で授業受けてちょうだい」

先生はわたしの後ろに回ってランドセルの蓋を開けた。

「ここに入れとくからね」

「やだっ」

わたしは背中を激しく揺すってランドセルの蓋を持つ先生の手を振りほどき、そのまま廊下を駆け出した。来た道を引き返して、保健室に向かった。呼び止められても振り向かなかった。最初のうちはランドセルの蓋がはずれたままでばたばた音を立てて、中の教科書やノートが浮き上がりそうだったけど、やがて蓋のマグネットが留まって、そこからは走るのも速くなった。

ドロップスをなめたい。

4

保健室に駆け込むと、部屋にはおとなのひとが二人いた。おじさんとおばさん。椅《い》子《す》に座って、ヒデおばと話していた。

びっくりしてわたしを振り向く二人の間から、たっちゃんが顔を出した。

「あれえ? カワムラさん、かえったんじゃなかったの?」

たっちゃんは思いがけずわたしが戻ってきてうれしそうだったけど、おじさんとおばさんは――それからヒデおばも、ちょっと困った顔でわたしを見ていた。

ヒデおばは「まあ、ちょうどよかったかもね」と言って、わたしを手招いた。

「ちょっとね、河村さん、たっちゃんとベッドで遊んであげて。一人だと退屈しちゃって、すぐ外に出てきちゃうから」

ドロップスを二つもらった。オレンジとハッカ。二つとも、めずらしく最初から出して机の上のティッシュに載せてあった。

はい、とオレンジを渡そうとしたら、たっちゃんは「ぼく、そっちにする」とハッカのほうを指差した。

「ハッカでいいの？　『はずれ』だよ」

「うん、へいき」

たっちゃんはわたしの手のひらからハッカのドロップスをつまんで、おじさんとおばさんに「みて、みて」と言った。「パパみて、ママみて、ハッカなめちゃうよ、ぼくできるんだよ」――両親だったんだ、この二人。

たっちゃんはブドウを食べるときみたいに顎《あご》を上げ、くちびるをとがらせて、ぱくっとドロップスを口に入れた。

顔がしょぼしょぼっとしぼむ。でも、吐き出さずにがまんした。「すごーい、たっちゃん」とお母さんが拍手をした。その顔をちらっと見て、気づいた。お母さんの目には涙が浮かんでいた。

わたしたちがベッドに入ると、ヒデおばはふだんは使わないカーテンを端から端までぴったりと閉めた。

外が見えない。でも、たっちゃんはそれが逆に気に入ったのか「ひみつきちみたい」と笑って、ベッドに座ったまま掛《か》け布団《ぶとん》を頭からすっぽりかぶって、あかずきんちゃんみたいに顔だけ出した。

「あのね、ぼくね、しゅじゅつするの」

いきなり――。

「あしたからにゅういんするの、おばあちゃんちのちかくのだいがくびょういんに」

笑いながら――。

「それでね、えーとね、インナイガッキューっていうのがあるの、そこ。びょういんのなかのがっこうなの。しゅじゅつ、なんどもしないといけないから、ぼく、そこにてんこうするの」

コリコリッ、とドロップスと歯が当たる音が聞こえた。ハッカ、おいしくない、と息を歯ですうすう鳴らしながら、笑った。

両親と先生の話し声は低くて聞き取れない。ただ、お父さんもお母さんもヒデおばにお礼を何度も言っているような気配だった。

もっと耳をすまして話を少しでも聞こうと思っていたら、廊下からばたばたと誰かが走ってくる音が聞こえた。

「すみません、河村さん来てませんか？」――予想どおりのひとだった。はあはあ、ぜえぜえ、と息を切らして、学校中走りまわっていたのだろう。

わたしはオレンジのドロップスを舌と上顎の間に押しつけて、たっちゃんにも、静かにね、と口の前で人差し指を立てて見せた。

「来てないよ」

ヒデおばは、そっけなく言った。

「そうですか……」と、細川先生の声は半べそをかいているみたいに震えた。

「でも、職員室で待ってれば来るわよ。待ってなさい」

「え、でも……」

「見てわかるでしょ、お客さんと話してるの。邪魔しないで、職員室で待ってなさい」

「来るって、なんでわかるんですか」

「あんたよりたくさん見てるからだよ、子どもを」

「そんな……わたしだって……」

「おなかが痛くて泣いてる子ども、何人見てる、あんた」

怖い声だった。

「膝《ひざ》をすりむいて泣いてる子ども、何人見てる」

もっと怖くなった。

「子どもはにこにこ笑ってるだけじゃないんだ」

すごく怖い――けど、その声は、おじいちゃんとおばあちゃんとお父さんとお母さんをぜんぶ合わせたみたいな、頼もしい声でもあった。

細川先生がなにも言い返せずに立ち去ったあと、ヒデおばはたっちゃんの両親ともう少し話をしてから、カーテンを開けた。

「たっちゃん、そろそろ帰るって、お父さんとお母さん」

「ぼくも？」

「あたりまえでしょ」

横からお父さんが「たっちゃん、ヒデコ先生にお別れしなさい」と言った。「いままでお世話になりました、って」

お母さんは黙って、ハンカチを目元にあてていた。

たっちゃんはお別れの意味がよくわからないのか、きょとんとしてうなずき、「ヒデコせんせい、またね」と手を振るだけだった。こっちのほうが悲しくなって、たっちゃんの手術のことが心配にもなって、胸が熱くなった。口の中でドロップスが溶《と》ける。悲し涙が溶けて、広がって、染みていく。

ヒデおばは、白衣のポケットに手を入れた。

「たっちゃん、もうハッカのドロップス食べた？」

「うん、おいしくないからのんじゃった」

「じゃあ、お別れだから、もう一個あげる」

緑の缶をポケットから取り出して、カラカラ、と音をたてて振った。

「たっちゃんがいちばん欲しいドロップス、言いなさい。それが出たら、手術が成功して元気に遊べるよ」

うそ——。

だめ、それ——。

「ぼく、ブドウがいいなあ」

ほら、やっぱり。

わたしはあわてて口の中のドロップスを呑み込んで、ヒデおばに、だめです、やめてください、と言おうとした。でも、オレンジの甘みで口の中がべたべたして、呑み込んだドロップスも喉《のど》にひっかかったみたいで、声が出ない。

「なにが出てくるかわかんないけど、ブドウだったら、うれしい？」

「うんっ」

「先生もうれしいけどねえ、どうだろうねえ、うまくいくかどうかわかんないよ」

そんなのやめて。ゲームにしないで。絶対に負けるゲーム、たっちゃんにやらせないで。

ヒデおばは蓋を開けた缶をまた軽く振って、たっちゃんの手のひらに、ころん、とドロップスを落とした。

紫色のドロップス——「やったーっ」とたっちゃんは歓声をあげた。

ブドウ。間違いない。あの色、あの形は、ブドウのドロップスだった。赤い缶のやつにしか入っていないはずのブドウが、緑の缶から出てきた。

お父さんとお母さんも手を取り合って大よろこびだった。やったな、やったね、すごいな、よかったね、と二人とも涙声でよろこんでいた。

たっちゃんは、あーん、と口を大きく開けて、ブドウのドロップスを舌の先に載せた。口を閉じて、ぺろん、ぺろん、となめて、「おいしいっ」と笑った。

きっと、その味、うれし涙だ。そして——何週間か、何カ月か、何年先かわからないけど、たっちゃんのお父さんとお母さんはもう一度、二人で手を取り合ってうれし涙を流すんだろうな、と思った。信じてる。不思議な奇跡が起きたのだから、それ、信じていい、と思う。

たっちゃんが両親と一緒に帰ったあと、ヒデおばは「あんたも食べる?」とドロップスの缶を差し出した。

「あの……」やっぱり、不思議だった。「なんでブドウが出たんですか?」

「なんでって、入ってたから出たんでしょ」

そんなことじゃなくて。わたしはドロップスの緑の缶と赤い缶の違いを説明して、緑の缶からブドウが出ることはありえないことを伝えた。

でも、ヒデおばは驚いた様子もなく、「あんたのもブドウだよ」と言った。

「わかるんですか?」

「出してごらん」

缶を受け取って、手のひらに出した。一個だけのつもりだったけど、勢いがつきすぎて三個いっぺんに——ぜんぶ、ブドウだった。

びっくりして、残りのドロップスも手のひらに出した。

ブドウ、ブドウ、ブドウ、ブドウ、ブドウ、ブドウ……。ぼうぜんとしている隙《すき》に、ヒデおばは机のひきだしを開けて、赤い缶のドロップスを取り出した。

「たっちゃんがブドウが好きだっていうの、聞いてたから」

そっけなく言って、中身がぎっしり詰まった赤い缶を振りながら、「面倒だよねぇ」としかめっつらになる。

「そこから出して……入れたんですか、こっちに」

最初から机の上に出ていたオレンジとハッカのドロップスは、赤い缶に入りきらなかったぶんだったのだろう。

「ちょっと、こんなにいっぺんに出しちゃうと、しけっちゃうじゃない」

叱られた。「食べるぶんだけ食べて、あとは中に戻しなさい」とにらまれた。でも、わたしと目が合いそうになると、そっぽを向いて、「ああ、もう面倒だった面倒だった」と大げさにため息をつく。

わたしはブドウを一個だけ口に入れ、あとはぜんぶ緑の缶に戻した。

ぺろん、ぺろん、と舌ではじくようにドロップスをなめていると、ブドウの味や香りと一緒に、自然と笑い声も出てきた。甘いなあ、ドロップス。おいしいなあ、すごく。

ヒデおばはそっぽを向いたまま「どうするの」と言った。「細川先生探しに来たの、聞こえたでしょ」

「はい……」

「職員室で待ってる、って。伝言、伝えたからね、あとはあんたが決めなさい」

違うじゃん、職員室で待ってろって言ったのヒデおばじゃん。待ってればわたしは絶対に来るから、って言ったんじゃん。絶対に、とまでは言わなかったかな。

ぺろん、ぺろん、とドロップスをなめる。カチン、カチン、と歯に当たる。甘くて固くて、少しずつ溶けて、広がって、染みて。

「いつでも来ればいいから、ここに」

ヒデおばは赤い缶をひきだしにしまって、「でも、もうドロップスはあげないよ。あんた虫歯があるのに歯医者行ってないでしょ」と、また怒った声で言った。「そういうの、ぜんぶわかるんだからね」

ぺろん、ぺろん、カチン、カチン。

「細川先生待ってるから、行くんだったら早く行きなさい」

ぺろん、ぺろん、カチン、カチン。

ふふっと笑った。甘いものが口の中にあると、どうして頬がふわっとゆるむんだろう。

奥歯で嚙《か》んだ。かけらにして、ごくん、と吞《の》み込んだ。

手紙の反省を百パーセント信じているわけじゃない。ゆるすかゆるさないかも、まだ決めていない。たとえゆるしても、忘れない。たぶん一生。

いまから職員室に向かうのかどうかすら、ほんとうは自分でもわからない。でも、わたしはここを出る。いつでも来ればいいと言ってもらえたこの部屋があるから、外に出て行く。

口の中に残った甘いブドウの香りが、行こうか、と言ってくれた。

わたしはランドセルを背負い直して、ぺこりと頭を下げた。

ヒデおばは、『保健室だより』の古いのを読み返しながら「ドロップスのこと、ナイショだからね」と言って、じろっとわたしをにらんで、初めて笑った。

あいつの年賀状

裕太《ゆうた》とケンカをした。二学期の終業式の日のことだ。「絶交だ、ばーか!」と向こうが言うから、こっちも「一生口きかねーよ!」と言ってやった。

ケンカをしていないときの裕太はクラスで一番気が合うヤツで、あいつもぼくのことをそう思ってくれているはずだけど、すぐにぶつかってしまう。で、いつも、なんとなく、自然に、よくわからないけど、仲直りする。

「そういうのがほんとの友だちなのよ」とママは言うし、パパも「親友はケンカしてナンボなんだ」と笑う。でも、「親友」って、そんなの照れる。あいつだって困ってしまうだろう。ぼくらは小学五年生で、「親友」って、なんていうか、もっとオトナの世界じゃん?

とにかく、ぼくたちはまたケンカをした。四月に同じクラスになってから、これで通算十二回目のケンカ——野球でいうなら、十二回のオモテの「ケンカ」が終わったところで、ふだんならすぐにウラの「仲直り」が始まるんだけど……。

今回のケンカはタイミングが悪かった。絶交したまま冬休みに入ってしまい、しかも、あいつ、冬休みの初日から、お父さんが単身赴任《たんしんふにん》している札幌《さっぽろ》に家族で出かけてしまった。

顔を合わせないと仲直りはできない。ケンカから何日もたつと、ぶつかった理由がなんだったのかよく思いだせなくなって、ってことは「ごめんな」を言わなきゃいけないのが裕太なのかぼくなのかもわからなくなって、「じゃあオレから謝ったら負けだよなー」と思ってしまう。

年賀状、迷ったけど、裕太には出さなかった。

だって絶交中だもん。『今年もよろしく』ってヘンだし、『去年はお世話になりました』なんて、もっとヘンだし。

あいつ、ぼくに出すのかな。だったらぼくの勝ちだ。返事に『今年もよろしく』って、まあ、一言だけ、テキトーに書いてやってもいいけど。

冬休み三日目に年賀状を書き終えて、近所のポストに投函《とうかん》した。はがきは一枚だけ余らせてある。でも、裕太から来なかったらムカつくよな、三学期からも絶交つづけなきゃな、お年玉の金額の比べっこしようぜってケンカの前には盛り上がってたんだけどな……なんてことを思いながら自転車をとばしていたら、同級生の香奈《かな》にばったり会った。女子に会っても無視、とふだんから決めているぼくはかまわずすれ違おうとしたけど、「ちょっとちょっと」と呼び止められた。

「……なんだよ、オレ、忙しいんだよ」

「ねえ、知ってる？　裕太くんのこと」

「うん？」

「あの子、転校しちゃうんだって」

「マジ？」

香奈のお母さんが、二学期が終わる少し前に裕太のお母さんから聞いた。お父さんはあと四、五年は札幌の支社に勤めることが決まったので、四月からお母さんと裕太も札幌に引っ越すことになった——らしい。

「ふーん、いいじゃん……札幌だと、ジンギスカン食えて。あと、ほら、ラーメンもあるし」

無理やり笑った。でも、声が震えた。香奈と目が合うと、なんかカッコ悪いことになってしまいそうだったから、そっぽを向いたまま自転車のペダルを踏み込んだ。

次の日から、ぼくは毎日、裕太の家のすぐ前にある公園に出かけた。タコあげをして時間をつぶしながら、ちらちらと裕太の家のほうを見た。

あいつが札幌から帰っていて、うまいぐあいに玄関から外に出て、あいつのほうから声をかけてきたら、「偶然じゃーん」とナニゲに言ってやって、「転校するんだって？」とナニゲに聞いてやって……このパターンだったら仲直りしてやってもいいかな、って。

でも、裕太の家のドアは閉まったままだった。電話をかけてみようかとも思ったけど、こっちが先に謝るみたいで、やっぱりイヤだった。

今年が終わる。

大みそかの夕方──陽《ひ》が暮れるまで公園でねばっても、裕太は帰って来なかった。

年越しそばを食べているとき、「どうした、なにボーッとしてるんだ？」とパパに言われた。

朝になった。新しい年が始まった。でも、ぼくはしょんぼりしたまま、お年玉をもらっても元気が出ない。おぞうにをおかわりしなかったら、「おなかでも痛いの？」とママに心配そうに聞かれ、「なんでもないよ」と逃げるように自分の部屋に駆け込んだ。

裕太はもう帰って来ないんだろうか。転校するのは四月だと言ってたけど、急に一月から転校することになったのかもしれない。だったらもう会えない。電話をかけてみればよかった。ケンカなんかしなきゃよかった。っていうか、ケンカしたあとすぐに仲直りすればよかった。「ごめん」って、「悪い」って、いまなら簡単に言えるのに。

「年賀状来てるぞー」とパパに呼ばれた。

重い気分のままリビングに戻って、はがきを分けていたら——。

あった。

裕太からの年賀状、来てた。

『あけまして　ごめん』

って、ばーか、裕太。それにさ、『今年もよろしく』ってさ、あとちょっとしかないじゃん、オレらの「今年」って……。

ダッシュでまた自分の部屋に戻って、とっておいたはがきに返事を書いた。

『ＡＨＡＰＰＹ　ＮＥＷ　こっちもごめん』

照れくさいけど。

なんか、自分でもへへヘッと笑っちゃうけど。

ポストに入れたら時間がかかるので、直接、あいつの家の郵便受けに入れた。

そのまま公園でタコあげをしながら、ドアの開く瞬間を待った。やっぱりまだ帰ってないのかな。ほんとうに、あいつとはもう遊べないのかな。

まぶたの裏が急に熱くなった。胸がどきどきして、息が詰まる。風に乗って空にのぼっていくタコをじっとにらみつけた。

きれいに晴れわたった青空に、ぼくのタコだけが浮かぶ。軽くジャンプしたら、タコにひっぱられて一緒に空にのぼっていきそうだ。札幌まで飛んでっちゃうぞぉ、びっくりすんなよぉ、なんてくちびるをとがらせていたら、空にタコがもう一つ浮かんだ。するする、するする、と——ぼくのタコを追いかけるように空をのぼっていく。

驚いて振り向いた瞬間、思わず「うわわっ」と声をあげそうになった。

裕太がいた。こっちを見て、やっと気づいたのかよばーか、というように得意そうに笑って、すぐに空の上のタコに目を移した。

ぼくも、ふんっ、と自分のタコを見つめる。

「きんが、しんねん」と裕太が言うので、「がしょーっ」と返事をしてやった。

そして、ぼくはタコを見つめたまま、一歩だけ、裕太に近づいた。

「おまえ、ずっと留守だっただろ」

「うん。ゆうべ帰ってきたんだ、札幌から」

また一歩、近づいた。なんとなく、あいつも同じように、こっちに近づいてきてるみたいだ。

「年賀状、ウチまで持って来たのかよ」

「……出すの忘れてたんだよ」

「オレ、おまえに出したっけか？」

なーに強がってんだよ、ばーか。

また一歩、また一歩。

「裕太、転校しちゃうってマジ？」

「うん……三月までこっちだけど」

また一歩、また一歩、また一歩……。

「遊びに来てもいいからな、札幌に」

いばるな、って。

「札幌って寒いじゃん」と言ってやった。

すぐになにか言い返してくるだろうと思っていたら、裕太はそれきり黙ってしまった。

やがて、裕太がハナをすする音が聞こえてきた。

「遊びに行くから、マジ、死んでも行く」

あわてて言ったぼくの声も、ハナ詰まりになってしまった。

ぼくたちはまた黙り込んだ。空に浮かぶタコを並んで見つめた。二つのタコは同じ高さで風に揺れながら、ビミョーにくっついたり離れたりを、いつまでも繰り返していた。

北風ぴゅう太

クラス全員に台詞《せりふ》を与えるのが条件だった。難しいなあ、と少年が逃げ腰になると、担任の石橋先生はいたずらっぽい顔で「最後の最後で困ったら、号令をかけさせりゃええんじゃ」と言った。

いち、にぃ、さん、よん、ごぉ……で五人ぶんの台詞。

「どうじゃ、ええアイデアじゃろう」

少年は肩をすぼめて苦笑した。『全員集合』のコントみたいだ。ギャグの大好きな石橋先生だから、ほんとうにその手を使っても、きっと喜んでくれるだろう。

でも、さすがにそれはできない。小学校生活最後の思い出になるお芝居だ。卒業式の前日に全校児童を講堂に集めて開かれる『お別れ会』の締めくくりの演目——六年一組や二組は合唱だったが、三組は劇になった。石橋先生が「合唱じゃと一人ずつの声が聞こえんけえ、つまらんじゃろ」と理屈をつけて、職員会議で勝手に決めてきたのだ。

劇の書き手に少年を指名したのも、石橋先生だった。

気後《きおく》れする少年を職員室に呼び出して、「クラスでいちばん作文が得意なんじゃけん、あたりまえじゃ。やりもせんうちから、ごちゃごちゃ弱音吐くな」とハッパをかけ、しかつめらしい顔をつくって付け加える。「お芝居の書き方がわからんかったら、テレビを観《み》りゃあええ。ドリフでもマチャアキでもええし、吉本《よしもと》もええ。あとは藤山寛美《ふじやまかんび》じゃ、松竹新喜劇じゃ、アホの寛美みたいな子ォはぎょうさんおるけえの、三組には」

職員室にいた他の先生が、くすくす笑った。石橋先生は冗談ばかり言う。歳《とし》は少年の父親より少し若いだけで、体もプロレスラーみたいに大きいのに、テレビやマンガのことにびっくりするほどくわしい。

十月の遠足で、石橋先生はバスの通路を前から後ろまで走りまわって天地真理《あまちまり》のヒットメドレーを歌って踊った。九月に転入したばかりの少年は口をぽかんと開けて驚いたのに、クラスのみんなは平気な顔で、待ってましたというふうに笑っていた。

通路を何往復かしたあと、先生は少年の名前を呼んだ。「ひとりじゃないって、素敵なことねぇ」と歌いながら、戸惑う少年の手をひいて無理やり通路に立たせた。歌に合わせて、小さな子どもが行進するみたいに、つないだ手を大きく前後に振った。

そのときは恥ずかしくてたまらなかったが、いま振り返ってみると、話し相手のほとんどいなかった遠足は、先生の歌に付き合わされてから急に楽しくなった。クラスの仲間が気軽に話しかけてくるようになったのも、そこからだった。

「どげんした？　やっぱりまだ自信ないか？」

石橋先生は少年の顔を下から覗《のぞ》き込み、「おまえの好きなように書けばええんよ。クラス全員に台詞があれば、もうそれで合格じゃ」と言った。そして、もう一言、少し表情を引き締めて――「おまえの台詞も、忘れるなや」。

少年がうつむくと、今度は笑う。「言いやすい台詞をつくりゃええんじゃ」と細い目をいっそう細くする。

少年はうなずいて、先生の机にちらりと目をやった。書類ファイルや採点途中のテストや教育雑誌が乱雑に積み上げられた机の隅のほうに、写真立てがある。先生の家族の写真だ。先生と奥さんに挟まれて、小さな女の子が笑っている。ゆかりちゃんという名前だ。三年前の写真だと同級生の誰かに聞いた。幼稚園の頃ということになる。女の子はパジャマを着ていた。千羽鶴《せんばづる》が壁にかかっていた。病院のベッドで撮った家族写真だった。

小学二年生のゆかりちゃんは、いまも隣の市の日赤病院に入院している。心臓の病気で、赤ん坊の頃から何度も手術をして、学校にはほとんど通っていない。

先生はなにも言わない。

でも、クラス全員、知っている。

先生はときどき学校を休む。そのときはいつも、ゆかりちゃんの具合が悪いのだ。おととしよりも去年、去年よりも今年と、先生が休む日は増えているらしい。

ゆかりちゃんは来月——三月に、また手術を受ける。成功すれば心臓の具合はいっぺんによくなるが、その可能性は半分以下で、失敗すれば、もしかしたら……そこから先の話は、クラスの誰も、絶対に口にしない。

「まあ、よけいな宿題が増えて大変じゃ思うけど、しっかりがんばれ」

先生に念を押すように励まされ、小さく会釈《えしゃく》して席を離れたら、「おう、そうじゃ」と呼び止められた。

「さっきは口出しせん言うたけど、一つだけ、先生からリクエストじゃ」

「はい……」

「最後を悲しい終わり方にはするなよ。お芝居いうか、嘘《うそ》っこのお話は、途中がどげん悲しゅうても、最後の最後で元気が出んといけんのじゃ。そげんせんと、なんのために嘘っこをするんかわからんじゃろ」

先生は「おまえらの卒業のお祝いの劇なんじゃけえの」と言った。でも、ほんとうは別のことを言いたかったのかもしれない。悲しい終わり方のお芝居を見たくないのは、先生なのかもしれない。なんとなくそんな気がしたから、少年は黙って職員室を出ていった。

六年三組は三十七人いる。男子が二十人で、女子が十七人。テレビのドラマにも、図書室で借りたお芝居の本にも、こんなにたくさん登場人物がいるお話はない。幼稚園の学芸会のように一つの役を何人かで分担すれば、全員に台詞を割り振ることはできるが、四月から中学生なのに、そんなの、いくらなんでもカッコ悪い。がんばるしかない。先生をびっくりさせて、褒められなくてもいいから、喜んでもらいたい。

二月半ば頃に仕上げるはずのお話は、あらすじだけで三月の頭までかかった。『マッチ売りの少女』を元にしてつくった。寒い冬の夜、ヒロインの少女がマッチを一本擦ると、小学校時代の思い出が一つよみがえってくる、というお話だ。これなら、通行人の役と思い出の場面の役で、登場人物を増やせる。

アンデルセンの原作では少女は最後に死んでしまうが、そのままだと先生との約束を守れない。少女の持っているマッチは七本。一年生の入学式から六年生の修学旅行までの思い出で六本使って、残りの一本は未来を照らすマッチだということにした。

少女が七本目のマッチを擦ると、舞台は不意に明るくなり、春の陽射《ひざ》しがまぶしいほど降り注ぐ。少女は着ていたオーバーを脱ぎ捨てる。すると、そこには真新しいセーラー服に身を包んだ中学生がいる——。

ちょっと照れくさいお話だったが、あらすじができあがったときには、やったね、とガッツポーズが自然に出た。

新しい原稿用紙を広げて欄外に〈登場人物一らん表〉と書き付けた。一行目に書くのはヒロインの少女。女子の学級委員の、けっこうかわいくて、じつは片思いの相手の田辺由紀子が演じる。

思い出の場面に登場するのは一年につき三人で、合計十八人。少女に冷たい言葉を投げかけたり、幸せそうな姿を見せつけたりする通行人が十人。由紀子を含めて二十九人の役が埋まった。

残り八人のうち七人はマッチの炎の役だった。「これから、きみに一年生の思い出を見せてあげましょう」から、「これで悲しい夜はおしまいです。明日から、きみは中学生になります」まで、台詞は短くても、赤いセロファンを凧《たこ》のように張ってつくった炎を本物らしく動かすのが難しそうだ。

そして最後の一人は、少女に吹きつける木枯らし。過去のマッチを使いきった少女は、冷たい風にあおられて路上に倒れたあと、七本目のマッチに火を灯《とも》すのだ。

木枯らしは、青いビニール紐《ひも》を貼《は》りつけた両腕を飛行機のようにピンと横に広げて、舞台の上手《かみて》から下手《しもて》へ駆け抜けていく。台詞は一言だけ――走りながら、「ひゅーっ」。

三十七人の中で、いちばん情けない。いてもいなくてもお話にはあまり関係ない、しかし少年にとってはどうしても必要な役だった。

登場人物の最後に〈北風〉と書き、その下に、自分の名前を書いた。

ひゅーっ。

息だけの声で台詞を言ってみて、だいじょうぶだよな、とうなずいた。「ひゅーっ」より「ぴゅーっ」のほうが寒々しい感じは強まるが、「ピ」をうまく言う自信がない。九月にこの学校に転入してから、吃音《きつおん》がいっそう重くなった。もともと苦手だった「カ」行や「タ」行に加えて、濁音や半濁音も、いまは、何度深呼吸してから言っても、つっかえてしまう。

いつも転校したての時期は、環境が変わるせいか調子が悪い。でも、今回はちょっと長い。長すぎる。低学年の頃とは違って、言葉がつっかえても友だちはあまり笑わない。たいがい知らん顔してくれる。からかったり言葉が詰まるのを物真似《ものまね》したりする意地悪な奴《やつ》は、六年三組にはいない。だから気持ちは楽になっているはずなのに、どもってしまうたびに、胸の奥の、いままでとは違う場所が、ずしんと重くなる。

ひゅーっ、ひゅーっ、ひゅーっ……。

何度か繰り返して、首をかしげた。「ぴゅーっ」のほうがいい、絶対に。でも、試しに台詞を言い換えてみると、急に胸が締めつけられて、「ぴっ、ぴっ、ぴっ……」と言葉がつっかえて先に進まない。

他の登場人物の台詞も、ぜんぶ同じだった。台詞の最初、途中、締めくくり、どこかに必ずつっかえる言葉がある。自分で一所懸命考えてつくった台詞を、言いやすい言葉に書き換えるのは嫌だった。どうでもいい役だから、「ヒ」と「ピ」の一音だけだから、ぎりぎり、許せる。

ひゅーっ、ひゅーっ、ひゅーっ……。

まあいいや、と笑った。「ひゅーっ」と「ぴゅーっ」の違いなんか誰も気にしないって、と自分に言い聞かせた。

お話が仕上がった翌日、石橋先生は学校を休んだ。ゆかりちゃんの具合がよくないらしい。次の日も、その次の日も、先生は姿を見せなかった。「三日つづけて休むんは初めてじゃろ」と、一年生の頃からずっと先生のクラスだった樋口《ひぐち》が言った。

昼休みに、男子の学級委員の松原が「放課後、みんなで祇園《ぎおん》さんに行こうや」と提案した。クラス全員でお金を二十円ずつ出し合って、絵馬に「ゆかりちゃんが早くよくなりますように」と書こう、というアイデアだった。

真っ先に、田辺由紀子が「さんせーい！」と声をあげた。みんなも口々に、行こう行こう、と言った。

少年は自分の席から立ち上がって拍手をした。拍手は賛成や共感を示すしぐさだと、なにかの本に書いてあった。でも、それを知らないみんなは、きょとんとして「なんで拍手するん？」と訊《き》いた。「行こう」と言おうとしたら途中の「コ」がつっかえたから——とは言えなかった。

放課後、急いで家に帰ると、お小遣いの財布を持って、もっと急いで自転車をとばし、祇園神社に向かった。学校から家までは歩いて五分もかからない。クラスでいちばん近い。祇園神社への道順もだいたいわかる。国道を渡って、水門のある用水路沿いに走って、舟入《ふないり》町の交差点を曲がって、古い家が多くて路地が入り組んでいる舟入町の町なかはちょっと自信がないが、そこまで来れば山の上にある祇園神社の鳥居は町のどこからでも見えるはずだ。

自転車を漕《こ》ぎながら、唇を何度もなめた。咳《せき》払いをしたり唾《つば》を呑《の》み込んだりを繰り返した。「あー、あー、あー」と声を出して、なんでだろうな、と首をひねる。「行こう、行こう、行こう」――いまはうまく言えるが、微妙に「コ」がひっかかっている気がしないでもない。

お話をつくるのに疲れてしまったせいか、今日は朝からずっと調子が悪かった。息継ぎをしたわけでもないのに言葉の途中でつっかえるなんて、めったにないことだ。

まだ新しい環境に慣れていない――？

でも、引っ越してきてから半年が過ぎている。小学校六年間で六校目になる転校のペースからいくと、この町で暮らす日々は、もう残り半分になってしまった計算だ。

それとも、母親がときどき言うように、思春期に入ったから――だろうか。思春期には吃音が重くなるひとが多いのだという。だとすれば、中学生になれば、いまよりもっと言葉がつっかえてしまうのだろうか。

中学に入って新しい町に引っ越せば、また自己紹介から始まる。「きよし」の「キ」に苦労しなければならない。すごろくで言うなら「ふりだしにもどる」みたいなものだ。

あ、違うや、と気づいた。四月からもこの町にいたとしても、中学校は三つの小学校がまとまる。どっちにしたって、自己紹介からは逃げられないのだ。

体は風を切って前に進んでいるのに、胸の奥が、ずしん、と重い。痛みも感じた。虫歯がうずくときと似た、根っこが伸びているような深い痛みだった。

祇園神社の真下まで来た。ここからは石造りの鳥居をくぐって、百段近くある急な石段を登る。自転車を鳥居の脇《わき》に止めた。他の子の自転車はまだ一台もない。やったね、と小さくガッツポーズをつくった。一番乗りだ。石橋先生に、ほんのちょっと恩返しができたような気がした。

石段の途中から、海が見えてきた。瀬戸内海だ。人口三万人ほどのこの町は、江戸時代までは漁港として栄えていたらしい。いまは海と町の間に干拓地が広がって、海は高い場所からでないと見渡せないが、舟入町、汐見《しおみ》町、湊《みなと》……集落の名前には港町だった頃の名残がある。

海は陽射しを浴びて銀色に光っていた。石段の脇に植えられた梅の花は、すでに満開の時季を過ぎて散りかけている。すっかり春だ。前に住んでいた山陰地方のK市では、三月の終わりになっても、積もるほどの雪が降る日があった。四月になるまで、日本海は毎日荒れていた。N市にいた頃に見た太平洋はどうだったっけ。もう、だいぶ忘れた。

いろんな町に住んだんだな、と石段を登りながら思う。引っ越すたびに町が小さくなって、田舎になっていったんだな、とつづけて思うと、漢方薬を煎《せん》じて服《の》む父親の背中が浮かんだ。

父親の会社は、この町には営業所しかない。課長のまま、支店から営業所に異動になった――その意味は、少年にもなんとなくわかるようになっていた。父親は最近体調が悪い。頭の地肌に吹き出物がたくさんできていて、漢方薬もあまり効き目はない。ときどき、「ストレスじゃけん、しょうがないんじゃ」と自分に言い聞かせるようにつぶやくこともある。

石段のてっぺんに近づくと、境内からひとの気配がした。話し声や笑い声が聞こえる。「みんな、遊びに来たんと違うんやからね、真剣にお参りせんといけんのよ」と、由紀子の声も。

一番乗りではなかった。境内にはクラスの半分近くが集まっていた。石段を登ってきた少年を見て、田原が「えらかったろう、そげん遠回りして」とあきれ顔で言った。山の裏側から回り込むように神社につづく道があるのだという。距離は少し遠くなるが、自転車で境内のそばまで行けるから、実際には近道になる。

少年は額の汗を拭《ふ》きながら形だけ笑い返して、そっと唇を噛《か》んだ。自分が「よそ者」だと思い知らされるのは、こういうときだ。町の大まかなつくりは覚えても、抜け道や裏道がわからない。それを覚えた頃には——また、転校だ。

全員が揃《そろ》うと、松原がお金を集めて、社務所で一枚五百円の絵馬を買ってきた。書道四段の品川由美子が代表して書いた〈ゆかりちゃんが早く元気になりますように〉のまわりに、全員が名前を書いた。絵馬の裏も使った。底や側面に名前を書いた友だちもいた。「ええか、先生には秘密じゃけえの。絶対に言うなよ」と松原はしつこく念を押したが、みんなもそれはちゃんとわかっている。その証拠に、絵馬を境内の梅の木の枝に結びつけて、本殿の前に整列したときは、もう笑い声やおしゃべりの声は消えていた。

「どうせやったら、順番に一言ずつ、神さまにお願いしようや」と松原が言いだした。

胸がまたうずく。痛みの根っこのありかが、わかった。おちんちんの根元——もっと、もっと、奥のほう。

松原はいい奴だ。勉強もよくできるし、リーダーシップもあるし、野球もうまい。好きか嫌いかで分ければ、好き、だ。でも、今度引っ越して新しい学校に通いはじめたら、思い出の中の松原は嫌な奴になっているかもしれない。

「手術、成功しますように」「ゆかりちゃんが早《はよ》う退院できますように」「心臓の病気が治りますように」「絶対の絶対のぜーったいに、手術が成功しますように」……みんな一言ずつ言って、少年の番になった。

息を大きく吸い込んで、つま先立って、踵《かかと》を下ろすのとタイミングを合わせて——。

「治って」

声を出したのではない。息といっしょに吐いただけだ。気持ちを込める余裕はなかった。誰もなにも言わなかったが、おちんちんの奥の奥が鈍く痛んだ。

「よっしゃ、そしたらお祈りしようや」と松原が言った。

絵馬を買った残りの二百四十円を田原と山本が賽銭《さいせん》箱に放って、女子の高田と千葉が鈴を鳴らした。

柏手《かしわで》を、二つ。きれいに音がそろった。

礼が終わると、大きな仕事をやり終えたように、みんなほっとした顔になった。ぞろぞろと、おしゃべりしながら境内からひきあげていく。石段のほうに向かうのは少年だけだった。「今日、野球の練習するじゃろ?」と田原が声をかけてきたが、聞こえなかったふりをして、石段を降りた。

先生は、次の日も学校を休んだ。

朝の会のときに、二組の担任の田中先生が教室に来て、午後の授業は学級会にして、お芝居の話し合いをするように——という石橋先生の伝言を伝えた。

「ギャグのシーンは恥ずかしがったらいけん、って言うとりんさったよ。こまわり君になったつもりでアホになりんさい、って」

教室にかすかな笑い声が流れた。でも、笑ったせいでよけい悲しくなったのだろう、みんなうつむいてしまった。

「だいじょうぶよ。ゆかりちゃん、手術が近いけん大事をとっただけなんよ」——誰も顔を上げない。田中先生も「三組はええクラスじゃね」と寂しそうに微笑《ほほえ》んで、それ以上はなにも言わなかった。

五時間目に学級会を開いた。

少年は教壇に立って、何度もつっかえながら、お話の筋を説明した。みんなの評判は上々だった。配役を黒板に書くと、脇役に回された友だちはちょっと不満そうだったが、二、三人の役を入れ替えて、話をまとめた。

ヒロインは、少年の考えた配役どおり由紀子になった。

「これで悲しい夜は終わりです」とヒロインに告げる七本目のマッチの役は、最初は松原だったが、ゆうべ別の男子に書き換えた。松原はヒロインに意地悪なことを言う通行人の役。だって通行人のほうがじつは台詞《せりふ》が多いし、意地悪な演技は難しいんだから、と自分で自分を納得させた。配役を書くときは、どきどきしてしかたなかった。松原は「わし、意地悪な役か、かなわんのう」と笑うだけで、なにも言わなかった。でも、そのあとで少年に「配役は口で言うたほうが早いん違うか?」と言った一言が、仕返しだったのかもしれない——と思う自分が、嫌だった。

少年は、北風。「その役、俺がやりたい」と言いだす友だちはいなかった。

配役は正式に決まっても、お話はまだ完成しているわけではない。小学校六年間の思い出の場面は手つかずだった。少年には、みんなの思い出が、なにもわからないから。

印象に残っている思い出を発表してもらうことにしたら、話はそこから面倒になってしまった。

みんなは次々に思い出を挙げていった。予想よりずっと数が多く、エピソードの内容も入り組んでいて、しかも多数決をとっても票が割れて、なかなか絞り込めない。

「ぜんぶ出したらええん違うか?」

松原によけいな口出しをされて、少年はむっとした。松原はなにもわかっていない。エピソードをぜんぶ盛り込んだら、思い出の場面だけで、与えられた時間をオーバーしてしまうのだ。

「でも、五年生でこのクラスになるまでは、みんな別々のクラスじゃったんじゃし、思い出もばらばらじゃろうが」

松原が言うと、みんなも、そうだそうだ、とうなずいた。

少年は黙って黒板に向かい、学年別に書き出した思い出を眺めて、一学年につき一つずつ選んで、○をつけた。残りはカット。図書館で借りたお芝居の本に載っていた「ボツにする」というやつだ。

教室のあちこちから、不満の声があがった。ふてくされて、「そげな話じゃったら、もう出んけえの」とそっぽを向く連中まで出てきてしまった。

時間がないからしかたないんだ――言いたくても、言えない。「時間」の「ジ」は、絶対につっかえてしまう。

間に立ってくれたのは、由紀子だった。

「思い出いうんは個人的な話やもん、みんなそれぞれ思い出があるんやから、こういうときは、自分が体験しとらんひとが冷静に判断したほうがええんよ」

かばってもらった。みんなの不満も、それでだいぶおさまった。でも、少年の胸の奥は、ずしん、と重くなる。おちんちんの根元の奥の奥が、もやもやとしてきた。

家に帰って、机の上にノートを広げた。候補に挙がった思い出を走り書きしたメモを見つめると、悔しくてたまらなくなった。

社会科見学のときに誰かがお弁当を芝生の上にひっくりかえして大変だったとか、誰かがスキー教室の帰りのバスでゲロを吐いたとか、よくある話ばかりだ。べつにお芝居で再現するほどの話ではない。でも、少年は、その場にいなかった。みんなは六年間ずっと同じ学校で付き合っているのに、少年が「あったあった、懐《なつ》かしいのう」と相槌《あいづち》を打てるのは、最後の半年分の思い出だけ。まるで、甲子園の高校野球で、大差のついた試合の最終回に補欠の選手がピンチヒッターに出してもらうようなものだ。

昔の友だちに会いたくなった。昔の町に遊びに行きたくなった。山陰地方の冬は、日本海の海鳴りが一晩中聞こえる。人口二百万人を超えるN市は、夜中になってもネオンサインが消えない。新幹線に乗ったことが自慢になるこの町の奴らなんて田舎者だ。雪が二センチ積もったぐらいで大雪だ大雪だと騒ぐなんて、山陰地方に連れていったら、みんなに笑われるだろう。

ノートのページをめくって、一年生の頃からの思い出を、浮かんでくるまま書き付けていった。あんなことがあった、こんなことがあった、あんなことがあった、こんなことがあった、あんなこと、こんなこと、あんなこと、こんなこと……。最初は楽しかったが、しだいにまた悔しくなった。いっしょに話す相手のいない思い出なんて、いくらたくさん持っていたってしかたない。

二年生や三年生の頃なら、悔しさではなく悲しさで胸がいっぱいになって、涙ぐんでしまったかもしれない。

そんなふうに思って、あの頃はどこの町の学校にいたんだっけと振り返ると、悔しさがさらにつのって、つのって、つのって……高い声を出しつづけると最後に裏返ってしまうように、悔しさはやっぱり悲しさに変わった。

ノートをめくる。この町に来てから半年間の思い出を書いた。クラスの友だちに負けないような面白い思い出を選んでいくと、ほんの二、三行で思い出は尽きてしまった。

胸がうずく。ずしん、と重くなる。

居間の電話が鳴った。電話に出た母親は、しばらく話をしてから、少年の部屋に入ってきた。

「今日、お父ちゃん、早めに帰ってくる、って」

「なんで?」

「あんたとなつみに相談することがあるんやて。話が長《なご》うなるかもしれんけん、宿題があるんやったら晩ごはんの前にやっときんさい」

「うん……」

ちらりと頭の隅をよぎった予感は、当たった。

夕食前に帰宅した父親は、晩酌のビールを飲む間もなく、少年となつみを居間に呼んで、転勤の話を切り出したのだ。

今度の町は、同じ瀬戸内海沿岸でも、ここよりも何倍も大きい。新幹線の駅もある。国道が何本も交差して、高速道路が延びる計画もあり、インターチェンジの予定地にはすでに工業団地や物流センターができている。

断ることは、いまならできる。ただ、今回の異動を断っても、来年か再来年にはまた転勤になる。逆に、ここで転勤しておけば、おそらく中学の三年間を同じ町で過ごせる。うまくいけば、高校の三年間も——。

「たった半年で転校させるんはかわいそうなけど、中学の途中で転校するよりええんと違うかなあ。なつみも、五年生や六年生になって転校するより、四年生の新学期の最初からのほうがええ思うんじゃが……」

確かに、その理屈はよくわかる。最初は涙ぐんでいたなつみも、「修学旅行は、慣れた友だちと行きたいなあ」と言いだした。

母親が、横から言った。

「高校受験や大学のことも考えたら、やっぱり早いうちに都会に出といたほうがええ思うし……お父ちゃん、今度は支店なんよ。支店長代理、偉《えろ》うなったんよ」

父親は「わしのことはどげんでもええんじゃ」とさえぎったが、いままでの体調の悪さが消えたように、すっきりした顔をしていた。

「それで、急がせてすまんけど、明日、本社に返事をせんといけんのよ。きよし、なつみ、引っ越ししてもええか?」

先に「ええよ」と答えたのは、なつみだった。

少年は、両親から目をそらして返事をした。自己紹介の回数が少なくてすむ道を、選んだ。

「明日から段ボール箱を集めんといけんねえ」と母親は言って、なつみの頭を撫《な》でた。母親の手はつづけて少年の頭にも伸びてきたが、少年はそれをかわして、居間を出ていった。

自分の部屋に戻ると、さっきのノートの、さっきのページを開いた。ほんの二、三行で終わったこの町の思い出を消しゴムでぜんぶ消してから、あらためてシャープペンシルを走らせた。

秋から冬、冬から春——もう二度と体験することのない、この町の半年間を、丸ごと書き残したかった。どんなに小さな話でも、思いだしたらすぐに書いた。もっと、もっと、もっと……途中からカレンダーを机の上に置いて、一日ずつ、薄れた記憶を絞り出すようにして書いていった。

春から夏、夏から秋——半年分を知らないままで、この町とお別れだ。祇園神社の桜並木が満開になると、山ぜんたいがピンク色に染まるらしい。お盆の『みなと祭り』では花火が百発近く打ち上げられるのだという。友だちから話を聞いて、楽しみにしていただけで、終わった。

それが悔しくて、悲しくて、でもさっきの悔しさや悲しさとは微妙に違う。

半年間の思い出は、ページを埋め尽くした。

ふーう、と息をついて、ページを後戻りさせた。六年三組の友だちの思い出を読み返していくと、自分の話をボツにされて悔しがっていた友だちの顔が次々に浮かんだ。

机の引き出しから原稿用紙を出した。思い出の場面を、最初からすべて、書き直していった。

石橋先生は、けっきょく一週間学校を休んだ。ようやく教室に現れた先生の顔は、少し痩《や》せて、無精髭《ぶしょうひげ》も生えていた。病院にずっと泊まり込んでいたのかもしれない。でも、先生は顎《あご》をさすりながら「ちょっとワイルドになったじゃろう」と得意そうに言う。「うーん、マンダム」と古いギャグをとばして、一人で笑う。みんながあまり笑わなかったので、ガクッとずっこける真似《まね》をして、最後の一言だけ真剣な顔で「心配させてすまんかったの」と言った。

朝の会が終わると、少年は教壇の横の先生の机に呼び出された。

「どんなじゃ、劇のほうは。うまくいっとるか？　ちょっと台本見せてくれや」

ホチキスで留めたガリ版刷りの台本を手渡すと、先生は目をしょぼつかせながら、じっくり読んでいった。無精髭に白いものが交じっていることに気づいた。下まぶたのまわりには隈《くま》もできていた。それでも、先生は途中から、ええぞええぞ、というふうに微笑みを浮かべた。

読み終わった。台本を閉じて顔を上げた先生は、「ようがんばったのう」と褒めてくれた。

少年はおそるおそる、時間がオーバーしそうなことを打ち明けた。どんなにテンポを速くしても、思い出の場面の数を最初の三倍に増やしたぶん、時間がかかってしまう。

先生は台本をめくり直して、何度かうなずきながら「確かに、ちぃと長いかのう」とつぶやいた。

「……思い出、多すぎますか？」

「うん、まあ、えらいぎょうさん詰め込んどるようなけど……おまえはどげん思うんな。思い出が多すぎる思うとるんか、これでええんじゃ思うとるんか、どっちな」

少年はしばらく考えてから、「いいと思います」と言った。

「みんなどげん言うとる？　思い出の場面が長すぎる、言うとるか？」

これは少し自信を持って、かぶりを振った。

「楽しそうに稽古《けいこ》しとるか？」

もうちょっと自信を深めて、うなずいた。

すると、先生はあっさりと「ほな、これでいこう」と言った。「五分や六分オーバーしても、かまやせんわい。どうせ三組が最後なんじゃけん」

拍子抜けするぐらい軽い声だった。でも、先生のその声で、その言葉を聞くと、じんわりと勇気が湧《わ》いてきた。

「あと、配役はどげんなった？」

登場人物の一覧表を見せた。

「なんじゃ、おまえ、北風か」

「はい……」

「えらい遠慮深い奴《や》っちゃのう。せっかく苦労してつくったんじゃけえ、もうちいとカッコのええ役にすりゃええのに」

先生は、まあええか、と台本を閉じて、「一つだけ、やり直しじゃ」と言った。「おまえはお話をつくるんはうまいけど、まだ大事なことがわかっとらん」

脇役の名前——だった。

「通行人Aやら通行人Bやら、なんじゃ、それは。おまえ、世の中に『通行人』いう名前のひとがおる思うんか?」

登場人物全員に名前をつけろ、と言われた。友だちの名前をそのまま使ってもいいし、「嘘っこ」で考えてもいい。お芝居の中で名前を出す必要もない。ただ、とにかく、名前のない登場人物がいてはいけない。

「あたりまえじゃろうが、通行人いうても、このお話の中でたまたま脇役じゃったいうだけで、そのひとにとっては自分が主人公なんよ。そうじゃろ? みんながほんまは主人公で、たまたまお話の中で主人公と脇役に分かれただけのことよ。それを忘れたらいけん。せめて名前ぐらい、しっかり付けちゃらんか」

七本のマッチにも名前を付けなければいけない。

「一年生のマッチは、『一年坊主《ぼうず》のマッちゃん』じゃ。二年生は万博の年じゃろ、ほいたら『太陽の塔のマチ次郎くん』でよかろう。三年生はスマイルバッジの流行《はや》った年じゃけん『スマイル、マチ三郎』で、四年生はパンダが来たけん、『カンカンランラン、マチマチくん』でいくか……」

少年の演じる北風だって、同じだ。

「ただの『北風』で終わったら、かわいそうじゃろうが。この風はのう、シベリアから吹いてきたんじゃ。日本海を越えて、中国山地を越えて、がんばって吹いてきたんよ。ぴゅーっと吹いてくるヤンチャ坊主の風なんよ」

「はあ……」

「おまえは宮沢賢治の『風の又三郎』知っとるか？　ちばてつやの『ハリスの旋風《かぜ》』もあったろうが。転校生はみんな風のようにやってきて、風のように去っていくんじゃ。おまえにぴったりの役じゃけん、ちゃんと名前を付けてやらんといけん」

引っ越しのことはまだ話していないのに、先生にはぜんぶわかっているんだ、と思った。ずっと病院でゆかりちゃんにつきっきりだったのに、ちゃんとわかってくれている。

「先生」

「うん？」

「名前……先生が……つっ、つっ、付けてください」

いつものようにつっかえてしまったが、いつもの胸のうずきはなかった。

「名前かぁ？　先生が付けるとギャグになるけどのう……」

先生は照れくさそうに腕組みして、少年のために名前をプレゼントしてくれた。

北風ぴゅう太――。

「カッコええじゃろ、名前だけなら主役か思うで」

先生は胸を張って自画自賛した。

少年もうれしかった。でも、同じぐらい悲しかった。名前がぴゅう太なら、台詞《せりふ》は「ひゅーっ」よりも「ぴゅーっ」のほうがいい。絶対に。

「どげんした？　気に入らんかったか？」

少年は黙って、何度も強く首を横に振った。

その日の終わりの会で、少年はクラス全員の役に名前を付けることを発表した。いつもはみんな早く帰りたくてそわそわする教室が、ひさしぶりに盛り上がった。名前が付くだけなのに、しかもお芝居には登場しない名前なのに、みんな本気で、楽しそうに考えた。

マッチの七人は、先生がギャグで決めた名前を変えなかった。得意そうに「先生が付けてくれたんじゃけん」と胸を張って、他の役の友だちをうらやましがらせた。

でも、それをいちばん喜んでくれるはずの先生は、教室にはいなかった。午前中で早退した。午後にゆかりちゃんの検査があるから、だった。

四時間目の終わりに、先生は初めて、ゆかりちゃんの病気のことをクラスのみんなに話した。黒板に心臓の絵を描いて、太い血管に×印を付け、赤いチョークで新しい血管——バイパスを描き込んだ。口調は落ち着いていたが、その代わり冗談も出なかった。

手術の日は、一週間後——『お別れ会』の三日前だった。

「手術の前の検査やら準備やらで、これから学校を休まんといかんこともある思うし、ほんま、みんなには迷惑かけてすまんけど、心配せんでええけえの。お芝居の稽古、がんばってやってくれ」

そして、ゆっくりと、教室の端から端まで見渡してつづけた。

「卒業式まで、あと半月ほどじゃ。小学校もいよいよおしまいじゃけえの、一日一日をたいせつに、のう、一瞬一瞬をしっかりと、一所懸命に生きていかんといけんど。ええか。今日は一生のうちでたったいっぺんの今日なんじゃ、明日は他のいつの日とも取り替えっこのできん明日なんじゃ、大事にせえ。ほんま、大事にせえよ、いまを、ほんま、大事にしてくれや……」

最後の最後まで、冗談はなかった。教壇のすぐ前の席の渡辺が、「先生の目ェ、赤かったど」と昼休みに教えてくれた。でも、そう言う渡辺の目も、まわりの女子の目も、赤く潤《うる》んでいた。

クラスのみんなが役名を付け終えた頃、「ユキ」という名前を選んだ由紀子が、「うちの名前、別のに変えてええ？」と言った。

ヒロインは、「ゆかりちゃん」になった。

家にいるとき、少年は、なつみに目をやることが増えた。正確には、なつみと、なつみを見つめる両親の姿だ。なつみはゆかりちゃんの一つ上だが、重い病気を患《わずら》っている子どもはおとなっぽくなるというから、同い歳《どし》でかまわないや、と思う。

なつみがテレビを観て笑う。その笑い方がおかしくて、両親も笑う。なつみが野菜を食べ残すと、母親は軽くにらみ、父親は、ええよええよ、とかばう。

母親と二人でお風呂《ふろ》に入ったなつみが、フィンガー5《ファイブ》の歌を歌う。子どものくせにサングラスをかけた晃《あきら》が大嫌いな父親は、居間で少しむっとして、でも「なつみは歌がうまいのう」と、まんざらでもない顔でつぶやく。

なつみが「おはよーっ」と言う。父親に「行ってらっしゃーい」と言い、母親に「行ってきまーす」と言う。

「ただいまーっ」「お帰りなさーい」「いただきまーす」「ごちそーさまでした」「おやすみなさーい」……そんな声が聞こえない石橋先生の家のことを思い、ゆかりちゃんは学校や我が家で過ごした思い出をほとんど持っていないんだと考えると、知らず知らずのうちに目に涙が浮かぶ。


ゆかりちゃんの手術の翌日、石橋先生は学校を休んだ。朝の会に来た田中先生は「手術は終わったけんね」と言ったが、「成功したよ」とは言ってくれなかった。

次の日も、先生は学校に来なかった。『お別れ会』は明日。田中先生は「石橋先生、明日は来るけんね」とも言ってくれない。伝言もなかった。

卒業式の予行演習で、クラス全員の名前を読み上げたのは、三年二組の担任の荒井先生だった。耳に馴染《なじ》みのない声で呼ばれる自分の名前は、なんだか他人のように聞こえる。「ハマザキ」を「ハマサキ」と呼ばれた浜崎は、本気で怒っていた。

放課後、お芝居の最後の稽古をした。いままでいちばん出来が悪かった。由紀子は途中から泣きだしてしまい、意地悪な台詞を「ゆかりちゃん」にぶつける通行人の役の森本美穂も「うち、こげん意地の悪いこと、よう言わんわ」と涙交じりに抗議して……北風ぴゅう太は、喉《のど》が詰まって、か細い「ひゅーっ」しか言えなかった。

みんなで話し合って、お話のラストシーンを変えることにした。もっともっと元気の出る終わり方を少年が考えた。でも、そのラストシーンも、先生が見てくれなければ意味がない。祈るしかなかった。手術のあと先生が学校を休みつづけることの意味は、みんな知っているから、誰も口に出さなかった。

『お別れ会』の当日、椅子《いす》を持って講堂に移動するときになっても、先生は姿を現さなかった。

下級生の合唱や劇の間、少年は何度も後ろの席を振り向いては、先生がいないのを確かめて、ため息交じりに顔を戻した。他の友だちも同じだった。六年三組ぜんたいがそわそわと落ち着きがなかった。でも、そういうことにいつもうるさい教頭先生も、今日はなにも言わなかった。

六年生の演し物《だ》の時間になった。一組と二組の合唱が終わって、司会を務める五年生の放送委員が「次は、六年三組の劇、『希望のマッチ』です」と言った。

昨日の稽古のときより、さらに出来は悪かった。あれだけ練習したのに、みんな声が小さく、動きもぎごちなく、台詞をど忘れしてしまう子もいた。

少年も——北風ぴゅう太も、だめだった。舞台上手《かみて》の緞帳《どんちょう》の隙間《すきま》から客席を覗《のぞ》いて、先生がいないのをあらためて確かめると、寂しさと同時に、胸がまた、ずしん、と重くなった。おちんちんの奥の奥が、鈍く痛む。

出番が近づくと、胸の重さは激しい鼓動に変わった。何度深呼吸してもおさまらず、しまいには膝《ひざ》まで震えてきた。

出番が来た。舞台の袖《そで》から飛び出した。がんばって言うつもりだった「ぴ」がつっかえて、とっさに「ひ」に替えて、「ひゅーっ」——自分の声を自分で聞いた瞬間、ああ、もうだめだ、と思った。先生ごめんなさい、ごめんなさい、ごめんなさい……心の中で叫びながら舞台の下手《しもて》まで駆け抜けた。

台本では、北風ぴゅう太が去るのと同時に、木枯らしに凍えた「ゆかりちゃん」は路上に倒れるはずだった。

でも、由紀子は立っていた。呆然《ぼうぜん》とした顔で客席を見つめていた。

出番を終えて下手の舞台袖にいたみんなも、お芝居をよそにざわついていた。

なにかあったの？　と少年が近くの友だちに訊こうとした、そのとき――。

由紀子が叫んだ。

「せんせーい！」

ジャンプして、手を振った。

石橋先生がいた。講堂に駆け込んで、息をはずませ、肩を大きく揺すって、舞台を見ていた。

笑顔だった。いつものように笑って、笑って、笑って……両手で大きな○印をつくった。

舞台袖から歓声があがる。

由紀子は元気いっぱいに、七本目のマッチを擦った。

舞台に飛び出した「未来にはばたくマチ男くん」の炎は焚《た》き火みたいに勢いよくたちのぼり、オーバーを脱ぎ捨てた「ゆかりちゃん」は、真新しいセーラー服を着ていた。

舞台の照明がいっぺんに明るくなった。ここからは、新しく考えたラストシーンだ。

クラス全員、由紀子を中心に舞台に並んだ。色画用紙を継ぎ合わせた大きな横断幕を、男子みんなで広げた。

〈ゆかりちゃん　手術成功おめでとう〉

横断幕は、もう一枚。こっちは女子が広げた。

〈石橋先生　お世話になりました〉

由紀子が指揮をして、クラス全員で、校歌を歌う。その声は、客席にもさざ波のように広がっていく。

北風ぴゅう太は、舞台を駆け下りた。台本にはない、こういうのをアドリブっていうんだっけ。

驚いた顔の石橋先生に向かって、全力疾走。両手を飛行機の翼みたいに広げ、息を大きく吸い込んで、「ぴゅううううううう――っ！」。

言えた。言えた。言えた！

先生の後ろに回って、お尻《しり》を押した。

「こら、おい、どないしたんか、おい、やめんか……」

照れる先生のお尻を、ぴゅう太はぐいぐい押した。息継ぎをして、「ぴゅうううううう――っ！」と何度も繰り返しながら、押した。

「かなわんのう、おまえら、ほんま……かなわんのう……」

先生は、ぴゅう太に押されるまま、舞台に近づいていく。校歌の合唱は二番に入った。ぴゅう太はまだ校歌をぜんぶ覚えていないから、みんなといっしょに歌えないから、先生のお尻を押しながら、ただ一心に繰り返す。

ぴゅううううううううう――っ!

ぴゅうううううううううう――っ!

「もうええわい、おまえら、ほんま、ほんま……ほんま、おまえら……」

先生は鼻をぐじゅっと鳴らして、駆け出した。ぴゅう太と同じように両手を広げ、「ぴゅーっ!」と声をあげて、どたどたした走り方で舞台に向かう。客席は爆笑した。先生も洟《はな》をすすりあげて、笑いながら、広げた両手をひらひらさせた。

ぴゅう太は先生を追いかける。大きな背中を追いかける。

冷たいしずくが飛んできて、頬に触れたような気がした。でも、それは、由紀子たちが舞台の上から客席にまきちらす、折り紙を切って作った桜の花びらだったかもしれない。

もうひとつのゲルマ

中学に入学してすぐ、少年はあだ名を付けられた。名付けたのは、最初のホームルームの自己紹介で「趣味は友だちにあだ名をつけることです」と言って教室を沸かせた藤野だった。

二人は同じ小学校の出身だったが、六年生のときは別々のクラスだった。少年は六年生の二学期に転入した。受け入れ先の六年三組はとても仲のいいクラスで、少年もすんなり馴染《なじ》んでいけた。ただ、苗字《みょうじ》よりもあだ名のほうがピンと来るほどの親しさになるには、付き合う時間が短すぎる。結局、卒業するまで、少年にはこれといったあだ名が付かないままだった。

だから——「わしが決めちゃる」と勝手に宣言した藤野は、ろくに考えもせずに、きっぱりとした口調で言った。

「おまえ、どもるけえ、ドモじゃ」

ひどいあだ名だった。そんなのやめてくれと怒っても、藤野は「これがいちばんわかりやすかろうが」と譲らず、しまいにはゲンコツまで頭上に掲げた。

藤野は、乱暴で、短気で、わがままで、おせっかいな奴《やつ》だ。マンガに出てくるようなガキ大将で、小学生の頃から友だちに付けていたあだ名も、ぜんぶ、マンガに出てくるみたいにわかりやすい。

目が悪くてレンズが渦を巻いたような分厚い眼鏡をかけている高橋は「ウズマキ」、小学二年生の社会科見学でバスに酔って吐いてしまった丸山は「ゲロヤマ」、学年でいちばん太っている大野は「フーセン」……。

だが、藤野は、あだ名で相手をからかったりはしない。渦巻きのような眼鏡だから「ウズマキ」、渦巻き眼鏡が格好悪いとかおかしいとか、そんなことは関係ない。わかりやすいかどうか――それ以外のよけいなものはなにも入っていない。

「なんが気に入らんのな。どもるんじゃけえドモ、あたりまえのことじゃろうが」

きょとんとした顔で言う。おとながよくつかう「悪気はない」というやつだ。

「嘘《うそ》じゃなかろ？　ほんまにどもるんじゃけえ」――そう言われると、少年も悔しさや恥ずかしさをこらえて、うなずくしかなかった。

「のう、ドモ。おまえ、なしてどもるようになったんか」

真顔で訊《き》かれると、少年もつい笑ってしまう。藤野は、吃音《きつおん》をからかっていじめるには性格が単純すぎるし、同情したり気を遣ったりするには鈍感すぎる。

「いけんのは、カ行とタ行だけなんじゃろ。面白えもんじゃのう」

素直に感心されると、ほんとうに、笑うしかない。自分の吃音のことを友だちとしゃべって笑うなんて、生まれて初めてだった。

もっとも、藤野が期待していたようには「ドモ」のあだ名は広まらなかった。男子はいままでどおり少年を苗字で呼んだし、女子の何人かは「ドモ」のあだ名は「かわいそう」だと藤野に文句をつけたらしい。

「かわいそうもなんも、ほんまのことじゃがな。わかりやすいし言いやすいけん、わし、自信があったんじゃけどのう」

納得がいかないふうに首をひねる藤野に、少年は言った。

「わけのわからんこと言うオンナは、しばいちゃればええのに」

「そうじゃろ？　そうじゃろ？　せっかくええあだ名を考えてやったのに、オンナはアホなんじゃけえ……」

そんな鈍さが――よかった。

友だちにはわかりやすいあだ名を付ける藤野だったが、自分で付けた自分のあだ名は、意味も由来もひどくわかりづらい。

ゲルマ——。

テレビのヒーロー番組に出てくる、悪の秘密結社の名前みたいな響きだ。

「ゲルマニウム・ラジオの『ゲルマ』なんよ」と教えてくれたのは、ウズマキの高橋だった。五月の連休が明けて間もない頃のことだ。

小学五年生の夏休みに、藤野が親友と二人で作ったゲルマニウム・ラジオが、市の子ども科学展で入選した。そのラジオの名前が、『ゲルマ』だったのだ。

「親友て誰なんか。ウチのクラスにおるんか？」

「まあ、おる言うたら、おるんじゃけど……」

高橋は教室を見まわして、藤野の姿がないのを確かめてから、窓際《まどぎわ》の最後列の席に顎《あご》をしゃくった。入学以来ずっと空いている。出席簿に名前が載っているのに一度も学校に来ていない吉田の席だった。

「吉田のあだ名は、『ギンショウ』いうんよ。ゲルマが付けたんじゃ」

「なに？　それ」

「ドモ、おまえ、ギンショウと会《お》うたことなかろ」

「うん……」

「ほいでも、話ぐらいは知っとるんじゃろ」

小さくうなずいた。

吉田は去年の夏の終わりに、隣の市の施設に送られた。少年がこの街に引っ越してくるのと入れ替わりの形だった。

施設に送られた理由は、窃盗——五年生の二学期からずっとつづいていたのだという。

最初のうちは、同級生のシャープペンシルや消しゴムを盗《と》る程度だったが、やがてよその教室にも忍び込むようになった。

「わしらの学年は、みんな被害者なんじゃ」と高橋はまた苦笑する。

そのあたりまでは、盗みがばれたときも親が謝って、なんとか事を収めていた。

だが、六年生に進級した頃から、吉田は友だちの給食費や学級費にも手をつけるようになり、最後は夏休みにスーパーマーケットで万引きをして補導されたのだった。

「ああいうんは病気と同じなんよ。どんどん悪うなるし、施設に行っても治らんかもしれんて、母ちゃん言うとった」

ゲルマと吉田は一年生の頃からの付き合いだった。親友というより兄弟に似ていたのだという。おせっかいな兄貴が藤野で、おとなしい弟が吉田。藤野はいつも吉田にはっぱをかけたり、どやしたりする。そのくせ誰かが吉田をいじめると必ずかばって、ときには上級生のグループに殴りかかることもあった。

「ゲルマは世話好きじゃけん、ギンショウみたいにしょぼくれた者が身近におったら、ほっとけんのよ」

わかるような気がする。

「まあ、ギンショウは半分うっとうしそうじゃったがの」――それも、なんとなく。

吉田と藤野が仲良くなったいちばんの理由は、二人とも機械いじりが大好きだということだった。

五年生に進級したときに二人はそれぞれハンダゴテを親に買ってもらい、簡単な電気工作を始めた。夏に初めて二人で作ったゲルマニウム・ラジオ――『ゲルマ』を、藤野は科学展に勝手に応募した。製作者の名前も吉田一人にした。

なぜ――とは、少年は高橋に訊かなかった。答えの見当はだいたいついていた。

藤野は悪い奴ではない、ほんとうに。だが、あきれはてるほど、単純で、鈍感で、無神経なのだ。

『ゲルマ』は科学展で銀賞をとった。藤野は大喜びして、「天才じゃ天才じゃ」とみんなの前で吉田を褒《ほ》めちぎった。『ゲルマ』が二人の合作だということを知っている連中には、ゲンコツ交じりに厳しく口止めして、最後は「わしが手伝《てつど》うたんは名前を付けたことだけよ」と、しつこいほど繰り返した。

藤野はさらに、銀賞をとった記念に、と吉田と藤野自身のあだ名を変えた。

藤野は、「ゲルマ」。

吉田は、「ギンショウ」。

それが藤野なりの、吉田への友情だったのだろう。相手の気持ちをなにも考えていない、身勝手な——。

「わしらはみんな前のあだ名の『フーさん』と『よっちゃん』のほうがええと思うとったんじゃけど、ゲルマはとにかく舞い上がっとったし、言いだしたら聞かん奴じゃけえ」

だが、そのあだ名が広まるにつれて、吉田はしだいに元気をなくし、藤野としゃべることも目に見えて減っていったらしい。

少年にも、吉田の困惑や怒りや悲しみはわかる。

「ほいでものう……泥棒はいけんよ、やっぱりの」

高橋はぽつりと言って、ためらいながら、つづけた。

吉田が盗みを覚えた頃、被害者はいつも藤野だった。

「五年生の秋頃から、ゲルマ、しょっちゅう物をなくしとったんよ。整理《せいり》整頓《せいとん》せんからじゃとか、落とし物が多すぎるとか、よう先生に叱《しか》られとった」

すでにみんなは、犯人は吉田なんじゃないかと薄々勘づいていた。

だが、藤野は一度も吉田を疑わなかった。先生に叱られるときも、なにも言い訳めいたことを言わなかった。

「のう、ウズマキ……それって……」

「わからん。そげなことゲルマに訊けるわけないし、わしらがギンショウの泥棒のことを噂《うわさ》でしゃべっとるだけで、これじゃったけん」

高橋は「これ」のところでパンチのしぐさをして、さらに話をつづけた。

「修学旅行のときも、ゲルマ、小遣いをなくしたんよ。財布に入れとった五百円札が、のうなっとった」

藤野はそのことを黙っていた。誰にも話さず、騒がず、土産なしで家に帰って、小遣いはぜんぶジュースを買って遣ったと言って、母親に叱られたらしい。

「もしゲルマが旅行のときに言うとったら、もう、犯人はギンショウで決まっとったよ。学校でも有名になっとったし、先生らも家庭訪問したり、ギンショウの父ちゃんと母ちゃんを学校に呼んだりしとったけん」

吉田は施設に送られる前に、いままで表沙汰《おもてざた》になっていなかった盗みのことも打ち明けた。藤野の小遣いのことも、その話で初めてわかった。なくしたことになっていた藤野のシャープペンシルやキーホルダーやメモ帳も、吉田の自宅の机の、鍵《かぎ》の掛かる抽斗《ひきだし》の中から見つかった。

藤野は小遣いのことを黙っていた理由を先生に訊かれて、「落としたと思うて、恥ずかしいけん言わんかった」と答えたらしい。抽斗に隠されていた自分の物についても、「これはギンショウにやったんじゃ」「落としたんをギンショウが拾うたんよ」「わしのと違うわ、こげなボロっちいの」と言い張って、親や先生を感心させたりあきれさせたりした、という。

「ゲルマはギンショウのこと、ほんまに好いとったけん……」

高橋は「ゲルマには言うなよ、いまの話」と釘《くぎ》を刺して、話を終えた。

少年は黙って高橋の背中を見送った。

口元がもぞもぞする。どんな顔をすればいいのかわからない。悔しいような、悲しいような、腹立たしいような、せつないような、情けないような、でも、なんともいえずうれしくなるような……。

「アホじゃの」とつぶやいて、ため息をついてみた。表情とも呼べない中途半端《ちゅうとはんぱ》なその顔が、いまの気分にいちばんぴったりくるように思えた。

五月の半ば過ぎ、吉田が家に帰ってきた。二階の窓に明かりが灯《とも》っているのを、尾崎が見た。柳井《やない》は、吉田が母親と二人で駅前商店街を歩いているのを見かけた。

吉田はもうすぐ学校にも帰ってくる。プリントの余りがつっこまれていた机の中が、知らないうちにきれいにされていた。誰も使っていなかったロッカーにも、担任の岩下先生の字で書いた名札が貼《は》られた。

クラスのみんなは、吉田をどんなふうに迎えるか決めあぐねていた。昔どおりに接したほうがいいのか、向こうから話しかけてくるまでは放っておくべきなのか。

いちばん迷っているのは――藤野だった。

「わしは許さんけえの。ギンショウがほんまに反省して、みんなの前で土下座して謝るまでは、ぜったいに許さんど。わしらみんな被害者なんじゃけえ、このまんま黙って許すわけにはいかんじゃろうが！」

そんなふうに言っていた翌日には、一転、吉田をかばう言葉を口にする。

「知っとるか、おまえら。ものをパクるいうんは、孤独じゃけえ、そげんなってしまうんよ。ギンショウはおとなしい奴なんじゃけえ、わしらのほうから仲良うしてやらんと、あいつ、またパクってしまうど。わかったの、ええか、ギンショウが来たら、もう昔のことは忘れて、仲良うするんど。ギンショウにいらんこと言うたら、しばきあげちゃるけえの！」

吉田のことを話すとき、藤野はいつも声を張り上げる。そのかわり、誰の顔も見ない。梅雨《つゆ》入り間近で曇り空のつづく窓の外をにらんで、ときどき、いてもたってもいられないように床を激しく踏み鳴らす。

授業中に落ち着きがなくなった。宿題をしょっちゅう忘れ、まわりに当たり散らすことも増えた。少年を呼ぶ「ドモ」の響きも、四月頃に比べると、にごって、とがって、返事が遅れるとすぐに怒りだす。

五月三十一日の放課後――明日から吉田が登校するというぎりぎりになって、藤野はやっと自分の気持ちを決めた。

「わしは、やっぱりギンショウのこと許さん。あいつがみんなの前できちんと謝るまでは、わし、ぜったいに口をきかんけえの」

ところが、その舌の根も乾かないうちに、野球部の練習に向かう少年を階段まで走って追いかけてきて、息も整わないまま言った。

「のう、ドモ。よう考えてみたら、おまえはギンショウの泥棒の被害者じゃないんじゃの」

「……うん」

「恨みもないわけじゃの」

一瞬、悪い予感がした。それを察したのか、藤野は太い腕を少年の首に回し、軽くヘッドロックをかけて、逃げられないようにしてからつづけた。

「ほいたら、ドモはギンショウの友だちになっちゃれや。のう、ギンショウもドモには負い目がないんじゃけえ、付き合いやすいわい。よっしゃ、友だちになれ。決まりじゃ、明日からおまえら親友じゃ」

めちゃくちゃだ。やっぱりこいつ単純なアホだ、と思った。

友だちなんか、そんな簡単になれるわけなかろうが——言い返してやりたかったが、言えない。

友だちの「と」が、つっかえてしまう。ふだんはそういうものだとあきらめているのに、急に悔しくなった。悲しくもなった。このままだと一生「友だち」という言葉をつかうことができないんだろうか。悔しさと悲しさがいっぺんに胸にこみ上げてきたから、首を絞められて咳《せ》き込むふりをした。

藤野はヘッドロックをはずし、照れくさそうに笑った。

「ギンショウは、あんまりしゃべらんけど、ええ奴じゃけえ」

少年も笑い返す。半分はしかたなく、残り半分は、藤野がひさしぶりに遠くを見ずにしゃべっていたから。

「よう考えてみたら、ギンショウとドモ、ちょっと似とるわ」

「ほんま？」

「おう。ギンショウは無口じゃし、おまえはどもるし……のう、ドモ、『ギンショウ』いうて呼べるんか？　カ行がいけんかったら、ガギグゲゴもいけんのか？」

「……『よっちゃん』いうて呼ぶけん」

「ほうか、まあ、しょうがないわの」

「すまん」

「謝らんでええわい、アホ」

藤野は少年の頭をはたく真似《まね》をして、ふと思いだしたように言った。

「のう、ドモ。ひとつ訊いてええか」

「なに？」

「おまえ、わしのことをあだ名で呼んだことないじゃろ。それって、『ゲルマ』の『ゲ』をよう言えんからか？」

「……うん」

「ハ行はどもらんけえ、『藤野』はだいじょうぶなんじゃの。ほいたら、もし、わしの苗字もカ行かタ行じゃったら、おまえ、わしのこと呼べんのか」

「……呼べん」

「友だちにもなれんかったか」

「……それは、わからんけど」

「ほいでも、名前を呼べんかったら友だちになれんじゃろうが」

そんなことはない。いままでは、言いやすいあだ名を考えて呼んでいた。

だが、藤野は少年が説明する前に、一人で納得して、腕組みしながらうなずいた。

「ほんま、不便なもんじゃのう」

不便――ですませるところが、いい。そういう単純さと鈍感さが、いい。

だが、単純で鈍感な藤野は、おそらく、吉田が「ギンショウ」のあだ名を嫌がっていたとは想像もしていないだろう。「ギンショウ」の広まった頃と吉田がものを盗むようになった頃がほぼ同じだということにも、気づいてはいないだろう。

もしも五年生のうちに藤野が吉田の盗みをかばっていなければ、せめて修学旅行のときにきちんと先生に訴えていれば、もしかしたら、吉田の盗み癖は店で万引きをするほどエスカレートする前に、なんとかなっていたかもしれない。施設に送られずにすんだかもしれない。藤野はまだ、そのことをぜんぜんわかっていない。

藤野と別れて更衣室に向かいながら、少年は何度か小さく口を動かした。

ゲルマ、ゲルマ、ゲルマ……。

ギンショウ、ギンショウ、ギンショウ……。

少しつっかえるものの、音の最初に「ン」を入れるつもりで発音すると、ガ行は意外と言いやすい。

それでも、少年は決めていた。吉田は「ギンショウ」ではなく「よっちゃん」で、藤野は「フーさん」。「ギ」と「ゲ」は言えない。どもってしまうのだからしかたない。わがままで強引な藤野も、文句は言えないはずだ。

吃音にも便利なことはある。

ほんの、ときどき。


翌朝、吉田は一人で教室に入ってきた。

藤野の命令というより、気後れがするのだろう、誰も吉田に声はかけない。吉田も顔を一度も上げずに席についた。高橋の話から想像していたとおり、吉田は小柄で、痩《や》せていて、いかにも無口でおとなしそうだった。

藤野が少年のそばに来た。背中を乱暴に小突いて、「なにしよるんな、早《はよ》うせえ、アホ」と後ろから耳元で言う。

「……そげんこと言われても困る」

「なに言いよるんな、いまさら。簡単なこっちゃ、友だちになろうや、でええんじゃけん」

「そんなの変じゃろうが。わしら初対面なんじゃけえ」

「アホ、友だちになりましょうて言うんが、いちばん話が早かろうが」

ほんとうに単純で、鈍感な奴だ。

さすがに少年もうんざりして、藤野を振り向いた。

「ほんまはおまえが行きたいんじゃろうが」

返事はなかったが、そのかわり、顔つきが変わった。小さな目をカッと見開いて、眉《まゆ》をひくつかせる。本気で殴られるかもしれない。それでも、もう、いい。

「藤野が許してやったら、みんなも許すんよ。わかるじゃろう?」

「……えらそうなカバチたれんなや」

「ほんまのことじゃろ?」

藤野は脅すように舌を鳴らし、とがった視線を少年から吉田に移して、怒鳴った。

「おう！　ギンショウ！　泥棒やめたんじゃろ、反省しとるんじゃろ！　ほいたらのう、いまからみんなに謝れや！　いままでのこと、ぜんぶ謝れ！　こんなが素直に謝ったら、わしらも許しちゃるけん！」

少年の頬《ほお》から血の気がひいた。アホ——と、うめき声が喉《のど》の奥でつぶれた。

吉田は顔を上げない。なにも答えない。教室は、しんと静まり返った。

「なにしよるんな、ギンショウ！　謝れ！　ごめん言うたらそれでええんじゃ、早う謝れや！」

藤野の怒鳴り声が裏返った。

荒い息を継いで、さらに怒鳴ろうとした、そのとき——少年は、はじかれたように椅子《いす》から立ち上がった。藤野の顎に頭突きを食らわす格好になった。一発でノックアウト。嘘みたいにあっけなく、藤野は顎を押さえてうずくまった。

やっつけるつもりはなかった。怒りがあったのかどうかもわからない。ただ、これ以上藤野に怒鳴らせてはいけない、吉田にこれ以上藤野の怒鳴り声を聞かせてはいけない、と思ったのだった。

藤野はよろよろと起き上がった。

「……見たろうが、ドモ。悪いことして、ちゃんと詫《わ》びも入れられんような奴は、人間以下じゃ、人間のクズじゃ」

違う。ぜったいに、違う。

自分の気持ちをうまく話せない奴のことを、藤野はなにもわかっていない。しゃべりたくてもしゃべれないときの、泣きたくなるような悔しさや悲しさを、藤野は知らない。

少年は、吉田をちらりと見た。うつむく顔が、固くこわばっていた。

藤野に向き直る。息を大きく吸い込んで、がんばれ、がんばれ、と心の中で自分を応援しながら言った。

「……藤野、おまえ……」

つづく音が、つっかえた。だが、別の言葉に言い換えたくない。もう一度息を吸い込んで、つんのめるように「と」を繰り返したすえに、やっと言えた。

「友だちのことが、なんもわかっとらんよ」

せっかく口にしたのに――始業のチャイムが声に覆《おお》いかぶさって、ほとんどかき消してしまった。

初日こそ吉田を遠巻きに見るだけだったクラスのみんなも、二日目からは藤野のいない隙《すき》を見つけては話しかけるようになった。吉田のうつむき方も徐々に浅くなって、ときどき控えめな笑顔も覗《のぞ》く。

誰も吉田に「謝れ」とは言わなかったが、高橋によると、吉田のほうから、友だちと二人きりになったときを見計らって、一人ずつに「昔はすまんかったの、もうだいじょうぶじゃけん」と謝っているのだという。

吉田のあだ名は、誰が決めたわけでもなく、「ギンショウ」から「よっちゃん」に戻った。小学生の頃とは違う。みんな、言ってはいけないことや、言わないほうがいいことが、少しずつわかるようになってきた。

取り残されたのは、意地を張りつづける藤野だけだった。

「『フーさん』って呼んでええか？」

少年は藤野に言った。練習した「ゲ」の発音のコツを思いだしながら『ゲルマ』より、そっちのほうが呼びやすいけん」とつづけると、藤野はそっぽを向いて「いま言えたじゃろうが、『ゲルマ』いうて」と返したが、「フーさん」をやめろ、とは言わなかった。

「のう、フーさん」

「なんな」

「わし、よっちゃんがいちばん謝りたいんは、やっぱりフーさんじゃ思うよ。フーさんに謝って初めて、昔のことが終わるんと違うか？」

「そげん簡単に終わりゃせんわい」

「……終わらんでもええよ、終わらんままでも始めればええが」

「なんをや」

「うまいこと言えんけど……よっちゃんとフーさん、親友じゃったんじゃけん」

「どもるくせに、ようしゃべる奴《や》っちゃのう、おまえも」

「言いたいことがあるけん、しゃべるんよ」

「あたりまえじゃ、そんなん」

「言いたいことがあるって、ええことじゃ思わん？　なにかを言いたい相手がおるって、わし、ええことじゃ思うんよ。フーさん、せっかく相手がおるのに、言いたいこともあるのに、なにしよるんな」

藤野はそっぽを向いたままだった。途中で怒りだすことはなかったが、うなずきもしなかった。

そのかわり、低い声で、「今日、ウチに遊びに来いや」と言った。「ええもん見せちゃるけえ」

四畳半の勉強部屋には、金物臭さがたちこめていた。ハンダを溶かしたにおいだと藤野が教えてくれた。「自分じゃあようわからんけど、そげん臭いか？」――恥ずかしがるのではなく、むしろ自慢するように。

机の上には、作りかけの小さな機械があった。風呂《ふろ》の水が溜《た》まると鳴るブザーを作っているのだという。「母ちゃんに三百円で売っちゃるんじゃ」と笑って、「部品代にもなりゃあせんけどの」と付け加える藤野の体は、教室にいるときより一回り大きく見える。

本棚にはラジオ工作や無線の雑誌が並び、押入から藤野が出してきた箱を開けると、少年にはがらくたにしか見えない部品がぎっしり詰まっていた。

コンデンサー、トランス、抵抗、ヒューズ、バリコン、ダイオード、トランジスタ、コイル、ターミナル、ワッシャー、ビス、ベーク板……。

藤野は箱の中の部品をいちいち指差して名前を教えてくれたが、少年が興味のない顔をしているのに気づくと、「ドモは本しか読んどらんけえのう」と少し寂しそうに言って、押入から別の箱を取り出した。

木の板と、さっき名前を教わったばかりのベーク板がL字型に組み立てられて、小さな部品がいくつか配線されている。

「これが、『ゲルマ』じゃ。わしとギンショウが初めて作ったラジオよ。賞状をギンショウにやった代わりに、わしが『ゲルマ』を貰《もろ》うたんじゃ」

予想していたよりずっとちゃちだった。とてもラジオには見えない。ダイヤルのつまみはベーク板に付いていても、スピーカーはないし、スイッチもない。ベーク板の横から延びているコードの先にはコンセントのプラグがあったが、穴に差し込む金具が片側しかなかった。

このプラグがアンテナになるのだという。家の中の配線をアンテナにして電波を拾う仕組み——と言われても、少年にはちんぷんかんぷんだったのだが。

「聴いてみるか?」

藤野はプラグをコンセントに差し込んで、イヤホンを少年に渡した。

「スピーカーを鳴らすんじゃったら乾電池を付けんといけんけど、イヤホンだけなら、なんも要らん」

「ほんま?」

「おう、そこがゲルマニウム・ラジオのええところなんよ」

電源なしでもラジオが聴けるとは、いままで知らなかった。半信半疑でイヤホンを耳に入れると、ほんとうだ、音が確かに聴こえる。クラシック音楽だった。NHKだろうか。

「トランジスタや真空管に比べると雑音だらけじゃけどの、ほいでも、小学五年生にも作れるんじゃけえ、電池代もかからんし、ええラジオじゃ」

藤野はダイヤルをゆっくりと回した。それにつれて、聴こえる局も変わる。

「……すげえ」

思わずつぶやくと、藤野は満足そうに何度もうなずいた。

電源がなくても、ラジオは聴こえる。

話し声や音楽は、この部屋にも、部屋の外にも、街じゅうに、空いっぱいに、いつだって流れている。ふだんはただ、それが聴こえないだけなのだ。

「夜になって電波の状態が安定してきたら、韓国やらソ連やらの局も入るんじゃ」

話し声や音楽は、海も渡る。いつもはあたりまえに聴いているラジオが、とんでもなくすごい機械のように思える。そして、電池なしで外国の局まで聴けるラジオを作った二人が、同じ教室にいて、なにも話せないことが、むしょうに悔しくなった。

「フーさん、さっきも学校で言うたけど、やっぱり……」

「やかましい、ラジオ聴くときは黙っとれ」

藤野はダイヤルに指をかけたまま、うつむいていた。少年もそれ以上はなにも言わず、ざらついたノイズ交じりの話し声をしばらく耳に流し込んだ。

話し声が笑い声に変わる。はずんだリズムとメロディーの、英語の歌が始まる。

「……のう、ドモ。どっちが悪いんかの、わしとギンショウ」

藤野はうつむいたまま言った。

「知らん」と少年は苦笑して答える。

藤野も、へへへっ、と肩を揺すって笑う。

「ギンショウのあだ名、早う『キンショウ』に変えちゃらんといけんかのう」

あいかわらず、単純で、鈍感で、なにもわかっていない奴だ。間違いを端から並べ立ててやろうか。口を開きかけたが、まあいいや、と思い直した。

「フーさんはアホじゃけど……優しいよ」

「気持ち悪いこと言うな、アホ」

頭をはたかれそうになった。笑いながらその手をかわすと、耳からイヤホンがはずれた。

音楽が消える。

けれど、この部屋のどこかで確かにリズムは刻まれ、メロディーは流れている。少年は息を大きく吸い込んで、透明な話し声や笑い声や歌を、胸いっぱいに満たした。

にゃんこの目

1

遠くのものが見えづらくなったのは、いつからですか――？

眼科の先生に訊《き》かれた。これで何度目だろう。お医者さんは、たとえ紹介状にカルテのコピーが添えてあっても、一から問診を始めないと気がすまないのかもしれない。

「去年の十一月頃から」

きみの答えを、先生は「じゃあそろそろ二カ月になるということですね」と言い換えて、カルテにメモを取った。

「最初はどんな感じでした？　かすんだりとか、二重に見えたりとか」

これも何度も訊かれたことだ。最初は自分でも症状をどう伝えればいいのかわからず、苦手な英語の教科書を音読するみたいにすぐにつっかえてしまったが、病院を移るたびに説明を繰り返していると、少しずつうまい言い方が見つかるようになった。かすむというより、にじむ。ものが二重になるのではなく、厚みが感じられない。

「厚み、って?」

「画像っぽいの」

「画像って、デジタルカメラとかパソコンとかの、あの画像のこと?」

「そう……遠くのもの見ると、ぜんぶ、すごく大きな紙にプリントアウトしてる感じ」

ゆうべ思いついた。そう、それ、その感じぴったり、と自信があったのに、先生はぴんと来なかったのか、ふうん、なるほどねえ、とあいまいにうなずくだけだった。

でも、ほかに言いようがない。きちんと見えていたかと思うと、不意に風景がにじみ、厚みを失ってしまう。それが何時間もつづくときもあれば、数分でなおるときもあるし、まばたき一つで元に戻ることだってある。「発作」みたいだ、といつも思う。

「いまは? 僕の顔、ちゃんと見えてます?」

きみは黙ってうなずいた。

「ちょっと離れてみましょうか」

先生は立ち上がり、何歩かあとずさった。だいじょうぶ。きちんと見える。「花井《はない》さんも離れてください」と言われて、診察室の端と端に立ってみても、先生の姿はくっきりとしたままだった。

「そうですか、じゃあ、僕が動いてみたらどうでしょうかね」

手を振った。うろうろ歩きまわった。なにも変わらない。よく見える。

先生は椅子《いす》に戻った。カルテに短いメモを取り、ペンを置いてきみに向き直る。

「前の病院の先生からも聞いたかもしれませんが、視力が急に低下するのは、とても危険な場合があるんです」

「はい……」

「まあ、九十パーセント以上はただの近視なんですけど、まれに視神経炎や硝子体出血《しょうしたい》で視力が落ちることもあるし、万が一ですが、網膜剝離《はくり》や網膜中心動脈閉塞《へいそく》症だったときには、大急ぎで治療をしないと失明の恐れもあるんです」

ただ――と、先生はつづけた。

「花井さんの場合は、眼底検査もOKだったし、眼圧も問題ありません。念のために脳波と脳のMRIもとってみましたが、異状は見られませんでした」

前の病院でも、その前の病院でも、同じことを言われた。両眼視機能検査、乱視表、ゴールドマン視野計、ランドルト環視力表、眼底鏡、プラチード角膜計、ERGが網膜電図で、EOGが眼球電図……。しかつめらしい言葉もだいぶ覚えた。

「視力のほうも、さっき検査したときには左右とも一・二あったんですよ」

いままでもそうだった。病院で視力検査を受けると、なんの問題もなく見える。検査の結果からは、きみの目は健康そのものだということしかわからない。

「なにかの前触れはありませんか」

「いえ、全然」

「たとえば携帯電話でメールを打ったり読んだりしたあとがよくないとか、寝起きのときに見えづらいとか」

「そういうのとは……」

「関係ない？」

「はい」

「……なるほどねえ」

先生は下の唇をきゅっとすぼめ、体をよじってカルテに走り書きした。

「来週、また来てください。それまでに宿題を出しておきます」

「発作」が起きたら、その直前になにをしていたかを書き留めておく。いつ、どこで、誰と、なにをしているときだったのか。

くわしく、と先生は言った。正直に——とも付け加えた。

「嘘《うそ》なんてついてません」

思わずムッとして言い返すと、先生は、わかってますわかってます、と笑顔で受け流し、「とにかく、くわしく書いてみてください」と言った。

大学病院の前のバス停で携帯電話のメールをチェックすると、志保《しほ》ちゃんから一通届いていた。

〈ごめん明日行けなくなっちゃった〉

ため息をついて、電話を鞄《かばん》にしまった。

二人で映画を観《み》に行こうと約束したのは、冬休みに入る前だった。日にちを決めても、そのたびに志保ちゃんにキャンセルされて、もうすぐ一月が終わってしまう。

明日のことも、そもそもは志保ちゃんから「次の土曜日は絶対だいじょうぶ」と言い出したのだ。「トガっち、バスケの先輩と遊ぶって言ってたから」

志保ちゃんは、去年の秋から同じクラスの戸川《とがわ》くんと付き合っている。それ以来、休みの日や放課後の予定は戸川くん優先になって、きみがはじかれることが増えた。明日もどうせ戸川くんの都合が変わって、じゃあ二人でデートしようかという話になったのだろう。

約束をキャンセルするたびに、志保ちゃんは両手を合わせて「ごめんっ、ほんとに悪いと思ってる」と謝る。「でもさ、ハナとわたしの友情は永遠で無敵だけど、トガっちとの関係ってわかんないじゃん、手抜きして、あとで後悔とかしたくないじゃん」

なにをやらせてもてきぱきしているぶん、志保ちゃんには調子のいいところがある。

明日は図書館で勉強しようかなあ、とつぶやいた。中学二年生の三学期だ。受験まであと一年。三月の個人面談では志望校も先生に伝えなければいけない。十月に進路調査票を出したときには、志保ちゃんと二人で私立の女子高を第一志望にした。でも、いまはわからない。志保ちゃんは共学の高校を選びそうな気がする。

バス停の電光掲示板に〈前のバス停を出ました〉のメッセージが流れた。財布から小銭を出していたら、向かい側に駅からのバスが停まって、すぐに走り去った。

バスを降りた数人の客の中に、同級生がいた。

制服の上にコートを羽織っていても、すぐにわかる。左手に松葉杖《まつばづえ》をついているのが恵美《えみ》ちゃんで、恵美ちゃんがいるのなら、その隣《となり》にいる太った女の子は由香《ゆか》ちゃん以外には考えられない。

一瞬迷ったが、声はかけなかった。二人も、きみに気づかずに病院の門をくぐっていった。

同級生といっても、しゃべったことはほとんどない。恵美ちゃんと由香ちゃんはいつも二人でくっついていて、ほかの子を加えようとも、別のグループに混ざろうともしない。

「あのひとたちって、ちょっと変だよね」と志保ちゃんはいつか言っていた。きみもそのときは「うん、変わってるよね」と相槌《あいづち》を打った。「体に障害のあるひとって、閉じてる感じするもんね、心が」――志保ちゃんのその言葉には、うなずけなかったけれど。

でも、いま、並んで病院に向かう二人の後ろ姿を見ていたら、なんとなくうらやましくなった。確かに閉じている感じがする。そのぶん、二人は絶対に約束を破ったり裏切ったりはしないんだろうな、とも思う。

駅行きのバスが近づいてきた。まあいいや、と二人から目をそらし、バスの来る方に顔を向けたら、風景がにじみながら後ろに下がった。厚みや奥行きがなくなって、平らな画像になった。さっきまで確かに見えていた家電量販店の大きな看板の文字が読めない。近づいてくるバスの行き先表示も、文字がにじんで読み取れない。

これなんだ、これ――。

病院に駆け戻って検査を受けたかったが、ベンチが満杯だった待合室の様子を思いだして、やめた。「おだいじに」の一言で、もう今日の診察は終わったんだ、はじかれたんだ、と思うと、急に悲しくなった。

バスの窓からぼんやりと外を眺めているうちに、視力は戻った。今日の「発作」は、あんがい早く治まってくれた。

家に帰ると、妹の聖子《せいこ》が「お姉ちゃん、目、見せて」と顔を覗《のぞ》き込んできた。病院から帰ると、いつもだ。検査の前に点眼される散瞳《さんどう》薬の効果が数時間つづくために、家に帰っても瞳《ひとみ》が開いたままになってしまう。聖子はそれを見るのが楽しみなのだ。

「怖ーい、ホラー映画みたい」――小学六年生の子に腹を立ててもしかたないので、リビングのソファーに座って目のツボのマッサージをした。

最初に診てもらった近所のクリニックで教わった、眉《まゆ》の上にあるツボと上まぶたのツボを両手の親指で押し、目尻《めじり》に指をかけてひっぱるだけの簡単なマッサージだ。その頃はまだ近視だろうと診断されていた。網膜剝離の恐れがあると言った次の病院の医者には、「まぶたを押さえるなんてとんでもない!」と叱《しか》られたが、今日の診断だと網膜剝離ではなさそうだし、目のまわりの細い筋肉をほぐすのは気持ちいいし、平気平気、と指を動かした。

聖子はリビングのテーブルで、お母さんから借りたノートパソコンにデジタルカメラの画像を取り込んでいた。小学校の卒業文集委員に選ばれたのだという。

「ねえ、明日、お姉ちゃんと一緒に映画観に行く？」

マッサージをつづけながら声をかけると、聖子は迷う間もなく「だめ」と言った。

「お昼から文集の話し合いだから」

「いいじゃん、みんないるんなら、一人ぐらい休んでも」

「だめだよ、そんなの。もう約束しちゃったもん」

「……えらいね、あんた」

「って、変な顔のときに言われてもうれしくないんですけどー」

「そんなに変？」

「うん、ほら、あーがり目、さーがり目ってあるじゃん、あんな顔になってる。自分じゃわかんないんだよ」

こんな感じこんな感じ、と聖子は自分の目尻を指で上げ下げした。

「あーがり目、さーがり目……ぐるっと回って、にゃんこの目っ」

目尻がまっすぐ横にひっぱられた聖子の両目は、一本の線になった。

2

志保ちゃんと戸川くんは、週末に二日つづけてデートをした。その二日目——日曜日の夜に、なにかが、あった。

月曜日の朝、志保ちゃんに教室の外のベランダに呼び出されて、それを聞かされた。といっても、志保ちゃんは「一線、越えちゃった」と笑うだけで、くわしいことは「ご想像にお任せしまーす」と上機嫌な声でかわす。

「それでね、今日から、トガっちの部活が終わるまで学校で待つことになったから、ハナと一緒に帰れなくなったんだけど……」

ごめんねー、と両手で拝《おが》まれた。

「……いいよ、わかった」

うなずくと、よかったあ、と笑う。

「トガっちも心配してたの、俺のせいで友情が壊れちゃったらヤバいよ、って」

黙って手すりに腕を載せ、グラウンドのほうに目をやった。始業時間が近づいて、グラウンドを小走りに突っ切ってくる生徒が何人もいる。一年生は、男子は男子、女子は女子のグループがほとんどだが、三年生になるとカップルが増えてくる。みんなに見られて恥ずかしくないんだろうか。みんなに見られるから、いいんだろうか。きみはまだ男の子と付き合ったことがない。誰かから告白されたこともないし、告白したい相手もいない。「あせんなくていいよ、ハナってルックスもそこそこだし、絶対にコクってくる子いるから」――戸川くんと付き合いはじめたばかりの志保ちゃんに言われたことがある。そのときの微妙な恥ずかしさと悔《くや》しさは、いまも忘れてはいない。

「だいじょうぶだよね？」

志保ちゃんが言った。

「なにが？」と、きみはグラウンドを見たまま聞き返した。

「トガっちとわたしが付き合ってても、うちらの友情、変わんないよね？」

「うん……変わんないよ」

「だよねーっ、うちら親友だもんねーっ」

志保ちゃんは自分のことだけ話して、一人でさっさと教室に戻っていった。

来年――志保ちゃんと同じクラスになれなくてもべつにいいかな、と初めて思った。

教室を振り返ると、志保ちゃんは戸川くんとおしゃべりをしていた。楽しそうな志保ちゃんの笑顔がガラス越しに見えて、まばたくと、ぼうっとぼやけた。

その日を境に、志保ちゃんは戸川くんにべったりとくっつくようになった。休み時間になると戸川くんの席に行ったり、戸川くんが志保ちゃんの席に来たり、二人でベランダに出たりして、仲の良さをみんなに見せつける。おしゃべりをするだけではなく、笑いながら肘《ひじ》で小突き合ったり、志保ちゃんの肩に抜け落ちた髪を戸川くんが指でつまんで取ったり、戸川くんが机の上に脱ぎ捨てたジャージを志保ちゃんがていねいに畳んだりする。

そんな二人の姿を、きみは眉間《みけん》に皺《しわ》を寄せ、まぶたに力を入れないと見ることができない。

月曜日の朝に始まった「発作」は、木曜日の朝になってもおさまらなかった。黒板の字がにじんで、手のひらを庇《ひさし》のように額につけないとほとんど読めない。廊下ですれ違う友だちの顔も、すぐそばまで来ないと見分けられない。大学病院で処方してもらった眼精疲労用の点眼薬をさすと、しばらくは調子がよくなるが、三十分もすればまた元に戻ってしまう。

「花井さん、目、悪くなってない？」

昼休みに、クラス委員の大下由香里《おおしたゆかり》さんに言われた。「黒板の字を見てるとき、すごくキツそうだけど」と心配顔で。

「うん……ちょっと」

「どうする？　もしアレだったら、席、前のほうに移ってみる？　花井さんがそうしたいんだったら、今度のホームルームで代わってくれる子がいないか訊いてみるけど」

ううん、いい、と断った。「発作」さえおさまればだいじょうぶだし、ホームルームの議題にされるのは恥ずかしいし、お互いに苗字《みょうじ》で呼び合う程度の親しさの大下さんに借りをつくるのが、なんとなく嫌だった。

大下さんが「でも、ほんとにキツかったらすぐに言ってね」と立ち去ったあと、入れ替わるように淑子《としこ》ちゃんが来た。

「ね、ね、ハナちゃん、悪いけど、ちょっと訊いていい？」

淑子ちゃんも、特に親しいというわけではない。ほんとうに仲良しなら「ハナちゃん」は「ハナ」になるし、「淑子ちゃん」も「トコちゃん」になる。

淑子ちゃんは声をひそめて、「志保ちゃんのことなんだけどさー……」と言った。

「戸川くんとヤッちゃってるって噂《うわさ》あるんだけど、それ、マジ？」

あ、そうか、と気づいた。淑子ちゃんがいつも一緒にいるのは佐藤さんたちのグループで、佐藤さんと志保ちゃんは一学期の頃からしょっちゅうぶつかっていた。

「わたし、知らない。聞いたことない、そんなの」

「うそぉ、だってハナちゃんと志保ちゃんって親友じゃん。ね、教えて、絶対に誰にも言わないし、どうせ噂なんだし」

「知らないって、ほんと」

「だって親友じゃん、ハナちゃんが知らないわけないじゃん」

不機嫌そうに言った淑子ちゃんは、じゃあいいよ、と席を立った。

淑子ちゃんの後ろ姿が、にじみながらぼやける。淑子ちゃんが戻ってくるのを待つ佐藤さんたちの姿も、ぺらぺらの画像になって教室の後ろの壁に貼《は》りついている。顔はもう、髪形でしか見分けられなかった。


五時間目の授業が始まると、「発作」はさらにひどくなった。昼休みまではなんとか見えていた黒板に書かれた日直の名前も、だめになってしまった。目に映るものすべてが遠い。世界のすべてが厚みのない画像になってしまったみたいだ。

先生が板書《ばんしょ》をしている隙《すき》に点眼薬をさしても、効果はない。かえって涙がにじんで、よけい見えづらくなってしまった。黒板の文字を読もうとして必死に目を凝《こ》らしていたら、頭が痛くなってきた。吐き気もする。ひどい肩凝りになっているのか、両肩が重い。首の付け根がこわばって、顔の向きを変えるのも、つらい。

我慢できなくなって、授業の途中で保健室に行くことにした。保健委員のノッコが付き添ってくれた。大下さんや淑子ちゃんと違って、ノッコとはふだんからよくおしゃべりをしているので、少し気分が楽になった。

でも、ノッコは授業中のしんとした廊下を歩きながら、不意に言った。

「最近、志保ちゃんってどう思う？」

「……え？」

「戸川くんにべったりじゃん。ハナと全然遊んだりしてないでしょ。一緒に帰ったりしてる？」

黙ってかぶりを振った。

「メールとかも、あんまり来なくなったんじゃないの？」

今度は小さくうなずいた。やっぱりねえ、とノッコもうなずいて、「横から見てるとわかるんだよね、そういうの」と言った。「なんかさー、ハナがかわいそうになっちゃって」

「……べつに、気にしてないけど」

胸に込みあげてくる吐き気をこらえた。

「でもさー、やっぱ、寂しいでしょ」

「そうでもないけど……マジ」

頭がきりきりと痛む。がんばれ。自分に言い聞かせた。明日までがんばれ。明日は大学病院に行く日だから、いまの状態を先生に診てもらえば、きっと原因や治療法もわかって、来週からは楽になる。

「でね、もしハナがよかったらって話なんだけど、今度からうちらと遊ぶ？　うちらって、矢野ちゃんとか美智子《みちこ》なんだけど」

「……知ってる」

「みんなもさー、ハナだったら入れてあげてもいいよって言ってんだよね」

長い廊下が、ねじれるように揺れた。昔テレビで観た、阪神淡路大震災で倒壊した高速道路みたいに。

途中でトイレに入った。「だいじょうぶ？」と訊くノッコに「平気平気、そこで待ってて」と――最後の力を振り絞るつもりで言った。ノッコはおせっかいなくせに、こういうときには素直に言葉に従って、ついてこない。ほんとうはたいして心配なんてしてないんだろうな、べつに友だちじゃないし。

トイレの個室に入ると、めまいや吐き気はおさまった。用を足して、手を洗い、廊下に戻るのが億劫《おっくう》になって、洗面所の鏡に映る自分の顔としばらく向き合った。これくらいの距離なら、よく見える。まいっちゃうよねー、と寂しそうに笑うきみが、そこにいる。

鏡に向かって、目のマッサージをした。

あーがり目――目がつり上がって、怒った顔になる。

さーがり目――目が垂れ下がって、泣き顔になる。

ぐるっと回って、にゃんこの目――目尻が横にひっぱられ、まぶたがふさがって、なにも見えなくなってしまった。

3

「今日は二年C組で貸し切りになっちゃったねえ」

保健室の先生の声で、目を覚ました。ベッドに横になっているうちに眠ってしまったんだ、と気づいた。体を起こしながら壁の時計を見ると、もう六時間目が始まっていた。

「お母さんに電話しようか？　迎えに来てもらったほうがいいかもね」

「お願いします」

女子の声だった。具合が悪くて保健室に来たわりには、声がしっかりしている。付き添いの保健委員？　でも、ノッコの声とは違う。

間仕切りのカーテンの隙間から、そっと覗いてみた。恵美ちゃんがいる。もう一人、ぐったりした様子で椅子に座っているのは、由香ちゃんだった。

ああ、そうか、とうなずいた。また、なんだな……とも心の中でつぶやいた。

由香ちゃんは体が弱い。学校をしょっちゅう休むし、入院も何度かしているらしい。授業中に具合が悪くなって保健室に行くことも多い。そのときにはいつも恵美ちゃんが付き添う。保健委員が席を立とうとすると、「わたしが行くから」と断る。「ほっといて」――そっけなく言うときもある。

「じゃあ、すぐにお母さんに電話するから、横になってなさい」

先生はカーテンを開けた。起き上がってベッドから降りようとしていたきみに、「花井さん、もう起きてていいの？」と言った。「無理しないでいいのよ、楠原《くすはら》さんは隣《となり》のベッドで休むから」

「はい……でも、だいじょうぶです」

ほんとうは恵美ちゃんがここにいたほうがいいんだ、と思う。そのほうが由香ちゃんも寂しくないだろうし、恵美ちゃんだって由香ちゃんのことが心配なはずだし……。

「寝てればいいじゃん」

恵美ちゃんが言った。きみの胸の内を見抜いたように――そして、よけいなこと考えないで、と払いのけるように、そっけなく。

「今日の英語、単語テストだから。いまから戻っても、居残りでテストのつづきやらなきゃいけないよ。具合悪いときに無理して受けることないじゃん」

にこりともせずに言うから、振り向いた由香ちゃんに「今度、わたしと一緒に受けよう」と笑いながら声をかけられるまで、親切で言ってくれたんだとはわからなかった。

恵美ちゃんは先生に「じゃ、お願いします」と言って教室に戻った。先生も由香ちゃんがベッドに入ったのを確かめると、カーテンを閉めて、「事務室からお母さんに電話してくるわね」と部屋を出て行った。

由香ちゃんと二人きりになった。加湿器が蒸気を吐き出す音と一緒に、由香ちゃんの息づかいが聞こえる。水泳や持久走の息継ぎのように、苦しそうだった。さっき振り向いたときの顔も青白くむくんでいて、息苦しさは声にもにじんで、それでも笑ってくれたんだなと思うと、ちょっと申し訳なくなった。

話しかけるとかえって悪い気がして、黙って寝返りを打ち、由香ちゃんに背中を向けた。

すると、由香ちゃんのほうから「ごめんね……」と言った。「休んでるのに邪魔しちゃって、ごめんなさい」

「そんなことないよ、全然平気」

思わず苦笑した。「気をつかわなくていいって」とも付け加えた。由香ちゃんはいつも誰かに謝っているような顔をしている。おとなしくて、無口で、勉強もできなくて、病気のことさえなければ、クラス替えのあとはみんなに真っ先に忘れられてしまうタイプだろう。

わたしは——？　ふと思った。志保ちゃんの親友。みんなも認めている。「志保ちゃんといちばん仲良しだった子は？」と訊かれたら、みんなきみの名前を挙げるだろう。でも、「ハナちゃんってどんな子？」という質問に、きちんと、たくさん、答えてくれる子はいるのだろうか。「志保ちゃんといちばん仲良しだったのって、トガっちでしょ？」——意味ありげに笑いながら答える誰かの顔が、誰とはわからないまま、浮かぶ。

しばらく沈黙がつづいて、今度もまた、由香ちゃんから話しかけてきた。

「隣にいても眠れる？　だいじょうぶ？」

きみはベッドに仰向《あおむ》けになって「どうせ眠くないから平気」と笑った。「楠原さんは？　隣に誰かいても平気なひと？」

「わたしは慣れてるから」

入院のことだ、と気づいた。無神経なことを訊いてしまった。ごめん、と謝ったほうがいいのか、そんなことしないほうがいいのか、よくわからない。ただ、由香ちゃんの声は少し元気になっていたので、思いきって、ずっと気になっていたことを訊いてみた。

「和泉《いずみ》さんと仲いいよね、楠原さん。いつも二人でいるもんね」

「うん……」

「二人だけで寂しくない？」

由香ちゃんの答えが返ってこなかったので、「だってほら、友だちたくさんいたほうが楽しいじゃん」と付け加えた。「そう思わない？」

「思うけど、わたし、恵美ちゃんとたくさん一緒にいるほうがいい」

それは、わかる。志保ちゃんのことを思いだした。だから、「恵美ちゃんのどこがいいの？」とつづけた声は、意地悪になってしまったかもしれない。

由香ちゃんは笑いながら、「訊かれたら、わかんなくなる」と言った。

「なんとなく好きって感じ？」

「じゃなくて、すごく好きだけど、わかんなくなるの、誰かに訊かれると」

「気が合うとか？」

「あんまり合ってないと思うけど」

「優しい？」

「……すぐ怒る、恵美ちゃんって」

先生が部屋に戻ってきて、「お母さん、すぐに迎えに来てくれるって」とカーテン越しに声をかけて、話は中途半端《はんぱ》なままで終わった。

しかたなく、また寝返りを打って壁と向き合ったとき、由香ちゃんの声がぽつりと聞こえた。

「あ……そうか。なんか、わかった」

さっきの問いの答えを、まだ考えてくれていた。

「あのね、恵美ちゃんは『もこもこ雲』なの」

「……なに？　それ」

「ちっちゃかった頃の、わたしの友だち」

「ごめん……悪いけど、言ってること、よくわかんない」

机で書き物をしていた先生が、「おしゃべりやめなさいよお」と歌うように言った。

「もうすぐ授業終わるから、それまで寝てなさい」

そっとベッドに起き上がった。声を出さずに、口の動きや表情だけで話のつづきをしようと思って、由香ちゃんのベッドを覗き込んで——先生をあわてて呼んだ。

由香ちゃんの顔は真っ青だった。

4

次の日、由香ちゃんは学校に来なかった。職員室にいた先生の車で大学病院に連れて行かれて、そのまま入院してしまったらしい。

保健室の先生は「だいじょうぶよ、花井さんは心配しないでいいし、あなたとしゃべってたせいじゃないんだから」と言ってくれたが、やっぱり責任が全然ないわけじゃないんだ、と思う。由香ちゃんに対しても、それから、恵美ちゃんに対しても。

一言謝りたかったし、できれば由香ちゃんの様子も聞きたかったが、ひとりぼっちで教室にいる恵美ちゃんの姿が、今日はひときわ遠い。薄っぺらな画像になってしまっている。「発作」はまだおさまっていない。早く授業が終わるといい。放課後すぐに大学病院に行って、いまの症状を診てもらって、早く――とにかく早く、楽になりたい。

「ねえ、ハナ。明日映画に行こうよ。ずーっと約束延ばしてきたから、今度こそ、マジに」

昼休みに志保ちゃんに誘われて、五時間目のあとの休み時間に「わたし、行かない」と断った。きょとんとした志保ちゃんに、「あと、受験も、公立の学校を受けるから」と言って、自分の席に戻った。

そのやり取りを見ていたのだろう、淑子ちゃんが席に来て「どうしたの？　どうしたの？　志保とケンカしちゃったの？」と訊いた。知らん顔して相手にしなかったら、淑子ちゃんは「要するに、志保にオトコができて見捨てられたってわけでしょ」と捨て台詞《ぜりふ》を吐いて、向こうに行ってしまった。

もういい。どうだっていい。早く、とにかく早く、楽になりたい。「両目を取り替えるしかありません」というのなら、今日すぐにやってもらいたいぐらいだった。

診察室に入って、ちょうどいま「発作」のさなかだと伝えると、先生は「そうみたいですね」とうなずいた。診察前の視力検査の結果は、左右とも〇・二。ちゃんと数字にも出ている。

月曜日に「発作」が起きた状況と、どんどん悪くなっていった様子を尋《たず》ねられた。

「学校で……急に」

「どんなときでした？」

「友だちと会ってて、話してて、そのあと、すぐ……」

「話って、どんなことしゃべってたんですか」

「べつに……ふつうのこと」

「楽しいおしゃべり？　それとも、けっこう嫌な感じの話でした？」

きみはうつむいて、「そういうのも言わなきゃいけないんですか？」と訊いた。抗議するつもりで言ったのに、声はかぼそく震えてしまった。

先生は思いのほかあっさりと「いや、べつにそれはいいです」と答え、症状をもう一度確認して、カルテから顔を上げた。

「やっぱりこれは近視だなあ」

先生は眼球の断面図を取り出して、網膜や毛様体筋《もうようたいきん》のはたらきについて説明した。近視になりかけの頃は、視力が安定しないものなのだという。体調のいいときにはいままでどおりの視力を保っていても、少し疲れると目の調整機能が落ちて、近視の症状が出てしまう。月曜からずっとこの状態がつづいているのは、近視が進んで、もう自分の力では調節できなくなったということで、頭痛や吐き気も、視神経がバテてしまったから。

「発作」の正体が、やっとわかった。そうかそうか、やっぱり近視だったんじゃん、と安心した。でも、その一方でまだ、ほんとうにそうなのかなあ、という思いも捨てきれない。

先生はキャビネットから眼鏡ケースを取り出した。

「これをちょっと試してみてください。先週の検査の結果と合わせると、この眼鏡がいちばんよく見えるんじゃないかな」

ケースを開けると、赤いセルフレームの眼鏡が入っていた。

「来週までお貸ししますから、この眼鏡で少し様子を見てください。視力が改善するようならレンズを処方しますから、眼鏡屋さんでお気に入りのデザインの眼鏡か、コンタクトレンズをつくってもらえばいいでしょう」

おそるおそる、眼鏡をかけてみた。

見えた——目に映るものすべてが、くっきりと。

最後に残っていた不安が消えた。

声に出して伝えなくても、表情の変化で察したのだろう、先生は「ほら、やっぱり近視ですよ」と微笑《ほほえ》んだ。

きみも、素直に笑い返すことができた。

眼鏡をかけたまま病棟を出て、正門につづく道を歩いた。見える。だいじょうぶ。頭痛の消えた頭はすっきりと冴《さ》えて、肩も軽くなった。吐き気がなくなると急におなかが空《す》いてきた。帰りにドーナツ屋に寄ろう。甘いのをたくさん買おう。お菓子を食べたくなるのはひさしぶりだ。

携帯電話を取り出して、メールを打った。小さな液晶画面の文字もしっかり見える。にっこり笑う顔文字の垂れ下がった目元まで、ちゃんと。

〈ごめん。明日やっぱり行けることになった〉

志保ちゃんに送った。さすがに淑子ちゃんにまでお詫《わ》びのメールを送る気はしなかったが、今度からはもうちょっと愛想よくしよう、と思った。

電話をしまって、また周囲を見回した。嘘みたいだ。眼鏡一つで、ほんとうに、風景のすべてが鮮やかな色を取り戻した。しっかりとした輪郭がよみがえった。学校のようにいくつも建ち並ぶ病棟の窓の一つひとつに、画像とは違う、確かな奥行きが感じられる。

その窓のどこかに――由香ちゃんがいる。

浮き立った気分に重みと苦みが交じる。本館の総合案内所で尋ねれば、由香ちゃんの病室はわかるかもしれない。眼科に向かう前には、帰りにお見舞いに寄ろうかとも思っていた。

でも、病室を訪ねて、由香ちゃんと会って……なにを話せばいいんだろう。かえって迷惑だから、と歩きだして、何歩か進んだところで、足をぴたりと止めた。

恵美ちゃんがいる。通学鞄を提《さ》げた右手の肘《ひじ》でスケッチブックを挟み、肩に画材セットを掛けて、左手で松葉杖をついて……ひどく歩きづらそうに正門をくぐって、こっちに向かっていた。

小走りに駆け寄って、「持とうか?」と声をかけた。

顔を上げた恵美ちゃんは、いつものようにそっけなく「いい」と首を横に振った。

「……昨日、ごめん。楠原さん、具合が悪いのに、わたしが話しかけてたから」

やっと言えた。でも、恵美ちゃんは「花井さんのせいじゃないよ」と、先生と同じことを、先生よりずっとぶっきらぼうに言って、また歩きだして――脇《わき》に挟んでいたスケッチブックを足もとに落としてしまった。

ページが開いた。鉛筆と水彩絵の具で描いた雲のスケッチが、いくつもあった。

きみは胸をどきどきさせて、かがみ込む恵美ちゃんより先にスケッチブックを拾い上げた。

「和泉さん……『もこもこ雲』って、なに？」

恵美ちゃんの表情が変わった。

「楠原さんが言ってたの、和泉さんって『もこもこ雲』だ、って」

スケッチブックを渡すと、恵美ちゃんは「ありがと」と受け取って、「そんなこと言ってたんだ、由香」と空を見上げた。

きみもつられて、同じように――空の高いところに散った雲の一つひとつを、だいじょうぶ、いまはきちんと見分けることができる。

ベンチに並んで座って、保健室での由香ちゃんとのやり取りを伝えた。恵美ちゃんは、ふうん、とうなずいて、スケッチブックをぱらぱらめくる。どのページにも雲の絵が描いてある。色鉛筆やクレヨンの絵もあったし、マンガのような雲もあった。

恵美ちゃんはお返しに『もこもこ雲』の話をしてくれた。

「わたしも、いまいちよくわかんないんだよね、『もこもこ雲』ってどんなのか」

こんな感じだろうかと想像して描いてみたり、空に浮かぶ雲を見て、似たような感じのものがあるとスケッチしたりして……でも、由香ちゃんはスケッチブックのどの雲を見せても、「ちょっと違うかなあ」と言う。今日も新しい絵を何枚か描いてきて、その中に『もこもこ雲』があれば、すぐに色を塗って仕上げるつもりで画材セットも持ってきた。

「でも、今度もどうせだめだよ。まいっちゃうよ、贅沢《ぜいたく》なんだから」

「同じ雲が描けたら……どうするの？」

「天井に描く」

どこの――とは、訊かなくてもわかった。

なんで――とは訊けないほど、恵美ちゃんの口調はきっぱりとして、強かった。

「もうすぐ、由香、入院してる日のほうが長くなるよ」

「……そうなの？」

「いまは空《あ》いてるベッドにとりあえず入ってるけど、今度入院するときには、もう部屋は動かないと思う。どうせ個室になるし、先生や看護師さんもみんな、由香のこと子どもの頃から知ってるから、落書きもOK」

恵美ちゃんは「怒られてもやっちゃうけどね」と付け加えて、松葉杖をついて立ち上がった。

「わたしも……お見舞い、行っていい？」

「だめ」

「……だって、同級生だし」

「関係ない、そんなこと」

「和泉さんが決める権利あるの？」

恵美ちゃんは冷静に——冷たく、「忘れるんだったら、思い出つくらないほうがいいよ」と言った。言葉の意味はよくわからなかったが、他の子のお見舞いは絶対に許さないんだ、という強い決意は伝わった。

代わりに、恵美ちゃんは、しゅんとしたきみに言った。

「花井さんって眼鏡かけてたっけ」

「今日……いま、眼科に行ってきたの。近視なんだって」

「けっこう似合うじゃん」

恵美ちゃんは初めて笑って、最後に一言付け加えた。

「由香の言ってること、違うよ。わたしは『もこもこ雲』なんかじゃないし、『もこもこ雲』は、ほんとは由香なんだよ」

5

魔法が解けたのは、その夜のことだった。

きみがお風呂《ふろ》に入っている隙《すき》に、聖子がこっそり眼鏡をかけてみた。お風呂からあがると、「ねえ、お姉ちゃん……」と怪訝《けげん》そうに訊かれた。「この眼鏡って、ほんとものの？」

「なにが？」

「だって……変わんない、かけても」

さっきから何度も確かめてみた。でも、どんなに試しても、眼鏡をかける前とかけたときの違いがわからない、という。

最初は「なに言ってんの」と笑って聞き流した。実際に眼鏡をかけてみても、間違いなく、よく見える。「そうかなあ……」と首をひねる聖子は、ちょうど台所から出てきたお母さんに「ねえねえ、お母さん、ちょっと見て」と声をかけた。

お母さんも「そんなことないって、先生が出してくれたんだから」と取り合わなかったが、浮かべた苦笑いは、はっきりとわかるぐらいぎこちなかった。

一瞬、悪い予感がした。眼鏡をはずし、レンズの曲がり具合を指でそっと確かめて――ルーペのように新聞の近くにかざした眼鏡をゆっくり上下させたり横に動かしたりした。文字の大きさや形は、なにも変わらない。眼鏡をかけて、はずして、新聞の小さな字を見つめた。変わらない、なにも。

お母さんを見た。お母さんは逃げるように目をそらし、「見えるようになったんだから、いいじゃない」と言った。

「……教えて」

「かけてるうちに、ほんとに治ることもあるんだって、先生言ってたし」

「先生に会ったの？ ねえ、教えて」

詰め寄って、「ほんとのこと教えて！」と声を張り上げると、眼鏡をかけているのにお母さんの姿がぼうっとかすんできた。

心因性視力障害――というのが、ほんとうの病名だった。

精神的な原因で視力が落ちることが、思春期の、特に女の子には少なくないのだという。目の数値や状態は正常なのに視力が落ちる。「近視」と診断されることで、無意識のうちに心が安定して、視力が戻る。それを見分ける方法が、度のついていない眼鏡をかけてみることだった。

お母さんは、黙って先生と話を進めたことと、きみの目を悪くしてしまった原因に気づかなかったことを、まとめて涙ぐんで謝ってから、いじめのことを訊いてきた。次に、高校受験のこと。お母さんの想像はこの二つで止まってしまい、どちらも全然思い当たらないときみが言うと、途方に暮れた顔になった。

「じゃあ、なに？　ほかに悩みごとがあるんだったら、なんでもいいから教えて」

そう言われても困る。正直に振り返ってみても、「悩みごと」なんて、なにもない。

志保ちゃんのこと――。

あんなの絶対に「悩みごと」じゃない、と思う。「悩む」というのは要するに「苦しむ」ことで、志保ちゃんが戸川くんと付き合ったからといって、こっちが「苦しむ」理由なんて、これっぽっちもなくて……。

携帯電話にメールが届いた。志保ちゃんからだった。

〈急に行けるって言われても困る。ワガママすぎ。どっちにしても明日はトガっちが

練習休みになったんで、カレと行きます〉

文字がすうっと沈むように遠くなった。

やっぱり、原因はこれ、かな……。なんかサイテー、と肩の力が抜けた。バッカみたい、とため息も漏れた。

週末に図書館に行き、本やインターネットで心因性視力障害について調べてみた。

お母さんにかまってもらえない寂しさから視力障害になってしまった子が、お母さんに目薬をさしてもらうだけで治った例が、本に載っていた。「悩みごと」じゃなくて「寂しさ」でも目が悪くなるんだな、と知った。集団でレイプされた女性の例もあった。レイプされて以来、若い男たちの顔がぜんぶのっぺらぼうになってしまったらしい。見たくないものが見えなくなる、それもわかるような気がする。

日曜日の夜、寝る前に、洗面所でたっぷりと時間をかけて目をマッサージした。

「発作」はまだつづいている。でも、病院で初めてかけたときほどではなくても、眼鏡がないよりはあるほうが、少しはよく見える。気のせいだとわかっているのに眼鏡に助けられている自分が、泣きたくなるほど悔《くや》しかった。

週が明けても、志保ちゃんはあいかわらず戸川くんとべたべたしていた。やだぁ、と笑いながら戸川くんの胸に顔を寄せることもあるし、廊下を歩くときには手もつなぐ。佐藤さんや淑子ちゃんたちは、志保ちゃんのことを「ヤリマン」と呼ぶようになった。小声で流れてきた噂話によると、佐藤さんは戸川くんに片思いしていた、らしい。

度のついていない眼鏡越しに見る教室は、ナマで見るときと同じようにぼやけて、同じように薄っぺらだった。でも、眼鏡を間に挟んでいるぶん、水族館で魚を見ているときみたいに、「観察」の気分になれる。

志保ちゃんは戸川くんに嫌われまいとして顔色をうかがっているのが、わかった。佐藤さんの片思いの噂を最初に流したのは、どうも淑子ちゃんみたいだ。まじめな優等生の大下さんはみんなから頼りにされていてもどこか寂しそうだし、ノッコが自分のグループに誘ってきた理由は、二人ともわがままな矢野ちゃんと美智子の仲を取り持つのに疲れたからだろう。

恵美ちゃんは、いつも一人だ。ときどき、空を見ている。『もこもこ雲』を探しているんだろうな、きっと。

水曜日の体育の授業は、再来週のマラソン大会に備えた持久走だった。

「ハナ、一緒に走ろっ」

志保ちゃんに声をかけられた。

体育の時間はさすがに戸川くんとくっついてはいられないし、戸川くんとべたべたしているうちに、クラスの女子の中ですっかり浮いてしまった。だから——なのだろう、志保ちゃんは並んで走りながら、一緒に遊ばなかった時間を必死に埋め合わせるようにテレビや音楽やお笑いのおしゃべりをつづけた。

でも、志保ちゃんは、きみの眼鏡のことをなにも言ってくれない。「似合うよ」とも「似合わないよ」とも、そもそも「眼鏡かけるようになったの?」と驚くことさえなかった。

一周二百メートルのトラックの外側で、男子が走り高跳びをしていた。順番を待つ戸川くんが、ちらちらとこっちを見る。志保ちゃんも戸川くんの姿に気づいてからは、おしゃべりの間隔が空いて、戸川くんのほうばかり見るようになった。

何周目かで、志保ちゃんが「あ、そうだそうだ」と言った。「土曜日って、ハナ、暇?」

「……なに?」

「暇だったら、うちらと一緒に遊園地行かない？　トガっちもバスケ部の子一人誘うって言ってるし、ダブル・デートって感じで。B組の須藤《すどう》くんとか、ハナと合うんじゃない？　トガっちとも仲いいし、須藤くんご指名ってことで頼んでみてあげようか？」

だってほら、と志保ちゃんはつづけた。

「わたしばっかりいい思いしちゃって、親友なのに悪いじゃん」

志保ちゃんを振り向いて言い返そうとしたら、足がもつれた。地面がいつかの廊下みたいにねじれて、体勢を立て直す間もなく、膝《ひざ》がガクンと折れてしまった。

擦《す》りむいた膝と手のひらを保健室で消毒してもらい、バンドエイドを貼ってグラウンドに戻った。みんなはまだ走りつづけていたが、両手で×印をつくって先生に伝え、見学にまわった。

昇降口の階段の見学コーナーには、恵美ちゃんがいる。一人で、退屈そうに階段に腰かけて、きみが隣に座るまでぼんやりとグラウンドを眺めていた。

「リタイア？」

病院で会ったときと同じように、恵美ちゃんの声や態度はそっけない。

「うん……眼鏡、壊れちゃったし、なんか、かったるいし」

「割れたの？」

「じゃなくて、ツルがゆるんだだけなんだけど……なんかもう、眼鏡、メンドいし」

笑いながら言うと、グラウンドを走るみんなが着ているジャージの赤い色が、少しだけくっきりと見えた。

あ、そう、と軽くうなずく恵美ちゃんに、どうせ本気で聞いてくれないだろうと思いながら、心因性視力障害の話を打ち明けた。同情や心配は要らないし、してほしくない。ただ、話の締めくくりに「まいっちゃうよねー」と笑った気持ちを、なんとなく、恵美ちゃんならわかってくれそうな気がした。

でも、恵美ちゃんは黙ったままだった。感想も言ってくれないし、訊《き》いてもこないし、相槌《あいづち》すら打ってくれなかった。

沈黙の重さを一人で背負い込むはめになったきみは、たまらず、言った。

「由香ちゃんが休んでて、寂しくない？」

恵美ちゃんはグラウンドを眺めたまま、少しあきれたふうに笑って、やっと口を開いた。

「寂しくないよ、べつに」

「……友だちなのに？」

　また笑われて、きみはムキになってつづけた。

「だって、友だちっていうか、親友だったら、やっぱ一緒にいないと寂しいじゃん」

　返事がなかったから、もっとムキになってしまった。

「友だちになるときって……その子とずーっと一緒にいたいから、だから、友だちになるんじゃないの？　そういう子のことを友だちっていうんじゃないの？　それが親友なんじゃないの？」

　しゃべっているうちに胸が熱いものでいっぱいになった。悔しさや寂しさや悲しさがごちゃまぜになって、胸からあふれてまぶたに溜《た》まっていく。

「……悪いけど、恵美ちゃんって、冷たいと思う」

　涙が出た。どうして泣くのか自分でもよくわからない。幼い子どもが興奮したすえに泣きじゃくるときみたいに、理由がわからないぶんさらさらした涙が、頬を伝い落ちる。

　恵美ちゃんは、あーあ、とうっとうしそうにため息をついて、松葉杖《まつばづえ》を支えに立ち上がった。

「わたしは、一緒にいなくても寂しくない相手のこと、友だちって思うけど」

空を見上げて、言った。

青い空に、白い雲がいくつか浮かんでいる。誰かが空の上を歩きながらポロポロとこぼしてしまったみたいに、雲はひとつながりに並んでいた。

他の雲から少し離れたところに、小さな雲が、ぽつんとあった。きみは涙を溜めたままの目でその雲を見つめ、「ねえ」と指差した。

「『もこもこ雲』って……あんな雲じゃないの？」

よけいなお世話、あんたなんかに探してほしくない、ほっといて、と邪険《じゃけん》に言われるだろう、と覚悟していた。

でも、恵美ちゃんは「あれでしょ」ときみと同じ雲を指差して、「似てるけど、ちょっと違う」と笑った。「わたしも、それくらいはわかるようになってきたから」

「……そう」

「難しいんだよ、けっこう」

「……だね」

きみも笑い返す。目に溜まった涙が、ぽろん、と頬に落ちる。

「あの雲、花井さんにあげる」

恵美ちゃんはそう言って、松葉杖をついて歩きだした。追いかけようとしたら、

「トイレ」ときっぱり突き放された。

きみはまた階段に座り直し、ジャージの袖《そで》で涙をぬぐった。

持久走は終盤にさしかかっていた。足の速い子と遅い子、まじめに走る子とだらだら走る子が入り交じって、長い列になっている。

その列のお尻《しり》のほうに、志保ちゃんがいた。ちょうど昇降口の前を通り過ぎるところだった。きみに気づいた志保ちゃんは、やっほー、と小さく手を振ってきた。笑っていた。

さんざん泣いたおかげで目が洗われてすっきりしたのか、目に残った涙がレンズのようになっているのか、志保ちゃんの顔がひさしぶりにはっきり見えた。空を見上げると、恵美ちゃんからもらったばかりの小さな雲も、くっきりと。

あの雲、これからどうするんだろう。ひとつながりになった他の雲とくっつくんだろうか。それとも、ぽつんと離れたまま、やがて消えてしまうんだろうか。夜空の星のように、明日も、あさっても、いつまでも、消えずに浮かんでいたらいいのにな、と思った。

志保ちゃんはもう次のコーナーにさしかかって、きみに背中を向けていた。

きみは目尻に指をかける。

「あーがり目、さーがり目……」

怒った顔。泣いた顔。最後に「にゃんこの目」をしたら、指先に、涙が触れた。

バスに乗って

生まれて初めて、一人でバスに乗った。

家族でデパートに買い物に行くときに、いつも使う路線だ。ものごころついた頃から、月に一度は乗っていた。五年生になってからは親と一緒にいるところを友だちに見られるのが嫌だったので、バス停でも車内でも、わざと両親と離れて——一人で乗っていた。

だから、だいじょうぶだ、と思っていた。だいじょうぶじゃないと困るんだ、とも自分に言い聞かせていた。もう五年生の二学期なんだから。同級生の中には、バスどころか電車にも一人で乗って進学塾に通っているヤツもたくさんいるんだから。

でも、いままでの「一人」と今日の「一人」は違っていた。『本町一丁目』のバス停に立っているときから緊張で胸がどきどきして、おしっこをがまんしすぎたあとのように、下腹が落ち着かない。

やっとバスが来た。後ろのドアから乗り込んで、前のドアから降りる。手順はすっかり覚え込んでいるはずだったのに、整理券を取り忘れそうになった。『本町一丁目』の整理券番号は7。運転席の後ろにある運賃表で確かめると、整理券番号19の『大学病院前』までは、子ども料金で百二十円だった。家族で買い物に行くときは、いつも17番の『銀天街入り口』で降りる。子ども料金は百円。四年生までは、バスに乗り込むとすぐに整理券を母に渡し、母が少年のぶんもまとめて運賃箱に小銭を入れていた。五年生になってからは、バスに乗る前に百円玉を一つ渡されていた。

「落としても、お母さん、知らないからね」といたずらっぽく笑う母の顔を思いだした。二人掛けのシートの肩の部分にある取っ手を、強く握り直した。

バスはスピードを上げたかと思うと、すぐにバス停に停まる。そのたびに少年は停留所の名前を確かめて、『大学病院前』まであといくつ、と頭の中で数字を書き換える。降車ボタンを押しそびれてはいけない。整理券をなくしてはいけない。運賃箱の前でもたもたしてはいけない。財布から取り出すときにお金を落としてはいけない。いまのうちに出しておこうか。百円玉一つに、十円玉二つ――コインが一つから三つに増えただけで、握り込んだ手のひらに力をグッと込めないとお金が落ちそうな気がする。

バスは中洲《なかす》のある川に架《か》かった橋を渡って、市街地に入る。西にかたむいた太陽が街ぜんたいを薄いオレンジ色に染めている。

次は大学病院前、大学病院前、と車内アナウンスが聞こえた。お降りの方はお手近のボタンを押して……とつづく前に、ボタンを押した。急いで通路を前に進み、バスがまだ走っているうちに運賃箱のそばまで来た。

「停まってから歩かないと」

運転手に強い声で言われた。「転んだらケガするし、他のひとにも迷惑だろ」——まだ若い運転手は、制帽を目深《まぶか》にかぶって前をじっと見つめたまま、少年のほうには目も向けなかった。

数日後、父からバスの回数券をもらった。「十回分で十一回乗れるから、こっちのほうが得なんだ」——十一枚綴《つづ》りが、二冊。

「だいじょうぶだよ」父はコンビニエンストアの弁当をレンジに入れながら、少年に笑いかけた。「これを全部使うことはないから」

「ほんと?」

「ああ……まあ、たぶん、だけど」

足し算と割り算をして、カレンダーを思い浮かべた。再来週のうちに使いきる計算になる。

「ほんとに、ほんと?」

低学年の子みたいにしつこく念を押した。父は怒らず、かえって少し申し訳なさそうに「だから、たぶん、だけどな」と言った。

電子レンジが、チン、と音をたてた。

「よーし、ごはんだ、ごはん。食べるぞっ」

父は最近おしゃべりになった。なにをするにもいちいち声をかけてくるし、ひとりごとや鼻歌も増えた。

お父さんも寂しいんだ、と少年は思う。


回数券の一冊目を使いきる頃には、バスにもだいぶ慣れてきた。

「毎日行かなくてもいいんだぞ」

父に言われた。「宿題もあるし、友だちとも全然遊んでないだろ? 忙しいときや友だちと遊ぶ約束したときには、無理して行かなくてもいいんだからな」――それは病室で少年を迎える母からの伝言でもあった。

母は自分の病気より、少年のことのほうをずっと心配していた。自転車でお見舞いに行きたくても、交通事故が怖いからだめだと言われた。バスで通っていても、病室をひきあげるときには必ず「降りたあと、すぐに道路を渡っちゃだめよ」と釘《くぎ》を刺されるのだ。

「だいじょうぶだよ、べつに無理してないし」

少年が笑って応《こた》えると、父は少し困ったように「まだ先は長いぞ」とつづけた。

「昼に先生から聞いたんだけど……お母さん、もうちょっとかかりそうだって」

「……もうちょっと、って？」

「もうちょっとは、もうちょっとだよ」

「来月ぐらい？」

「それは……もうちょっと、かな」

「だから、いつ？」

父は少年から目をそらし、「医者じゃないんだから、わからないよ」と言った。

二冊目の回数券が終わった。使いはじめるとあっけない。一往復で二枚ずつ――一週間足らずで終わってしまう。

まだ母が退院できそうな様子はない。

「回数券はバスの中でも買えるんだろ。お金渡すから、自分で買うか？」

「……一冊でいい？」

ほんとうは訊《き》きたくない質問だった。父も答えづらそうに少し間をおいて、「面倒だから二冊ぐらい買っとくか」と妙におどけた口調で言った。

「定期券にしなくていい？」

「なんだ、おまえ、そんなのも知ってるのか」

「そっちのほうが回数券より安いんでしょ？」

定期券は一カ月、三カ月、六カ月の三種類ある。父がどれを選ぶのか、知りたくて、知りたくなくて、「定期って長いほうが得なんだよね」と言った。

「ほんと、よく知ってるんだなあ」父はまたおどけて笑い、「まあ、五年生なんだもんな」とうなずいた。

「……何カ月のにする？」

「お金のことはアレだけど……回数券、買っとけ」

父はそう答えたあと、「やっぱり三冊ぐらい買っとくか」と付け加えた。

次の日、バスに乗り込んだ少年は前のほうの席を選び、運転席をそっと覗《のぞ》き込んだ。

あのひとだ、とわかると、胸がすぼまった。

初めてバスに一人で乗った日に叱《しか》られた運転手だった。その後も何度か、同じ運転手のバスに乗った。まだ二冊目の回数券を使いはじめたばかりの頃、整理券を指に巻きつけて丸めたまま運賃箱に入れたら、「数字が見えないとだめだよ」と言われた。叱る口調ではなかったが、それ以来、あのひとのバスに乗るのが怖くなった。たとえなにも言われなくても、運賃箱に回数券と整理券を入れてバスを降りるとき、いつもムスッとしているように見える。

嫌だなあ、運が悪いなあ、と思ったが、回数券を買わないわけにはいかない。『大学病院前』でバスを降りるとき、「回数券、ください」と声をかけた。

運転手は「早めに言ってくれないと」と顔をしかめ、足元に置いたカバンから回数券を出した。制服の胸の名札が見えた。「河野《こうの》」と書いてあった。

「子ども用のでいいの？」

「……はい」

「いくらのやつ？」

「……百二十円の」

河野さんは「だから、そういうのも先に言わないと、後ろつっかえてるだろ」とぶっきらぼうに言って、一冊差し出した。「千二百円と、今日のぶん、運賃箱に入れて」

「あの……すみません、三冊……すみません……」

「三冊も？」

「はい……すみません……」

大きくため息をついた河野さんは、「ちょっと、後ろのお客さん先にするから」と少年に脇《わき》にどくよう顎《あご》を振った。

少年は頰《ほお》を赤くして、他の客が全員降りるのを待った。お父さん、お母さん、お父さん、お母さん、と心の中で両親を交互に呼んだ。助けて、助けて、助けて……と訴《うった》えた。

客が降りたあと、河野さんはまたカバンを探り、追加の二冊を少年に差し出した。代金を運賃箱に入れると、「かよってるの？」と、さっきよりさらにぶっきらぼうに訊かれた。「病院、かようんだったら、定期のほうが安いぞ」

わかっている、そんなの、言われなくたって。

「……お見舞い、だから」

かぼそい声で応え、そのまま、逃げるようにステップを下りて外に出た。全然とんちんかんな答え方をしていたことに気づいたのは、バスが走り去ってから、だった。

夕暮れが早くなった。病院に行く途中で橋から眺める街は、炎が燃えたつような色から、もっと暗い赤に変わった。帰りは夜になる。最初の頃は帰りのバスを降りるときに広がっていた星空が、いまはバスの中から眺められる。病院の前で帰りのバスを待つとき、いまはまだかろうじて西の空に夕陽が残っているが、あとしばらくすれば、それも見えなくなってしまうだろう。

買い足した回数券の三冊目が――もうすぐ終わる。

少年は父に「迎えに来て」とねだるようになった。車で通勤している父に、会社帰りに病院に寄ってもらって一緒に帰れば、回数券を使わずにすむ。

「今日は残業で遅くなるんだけどな」と父が言っても、「いい、待ってるから」とねばった。母から看護師さんに頼んでもらって、面会時間の過ぎたあとも病室で父を待つ日もあった。

それでも、行きのバスで回数券は一枚ずつ減っていく。最後から二枚目の回数券を――今日、使った。あとは表紙を兼ねた十一枚目の券だけだ。

明日からお小遣いでバスに乗ることにした。毎月のお小遣いは千円だから、あとしばらくはだいじょうぶだろう。

ところが、迎えに来てくれるはずの父から、病院のナースステーションに電話が入った。

「今日はどうしても抜けられない仕事が入っちゃったから、一人でバスで帰って、って」

看護師さんから伝言を聞くと、泣きだしそうになってしまった。今日は財布を持って来ていない。回数券を使わなければ、家に帰れない。

母の前では涙をこらえた。病院前のバス停のベンチに座っているときも、必死に唇を嚙《か》んで我慢した。でも、バスに乗り込み、最初は混み合っていた車内が少しずつ空《す》いてくると、急に悲しみが胸に込み上げてきた。シートに座る。窓から見えるきれいな真ん丸の月が、じわじわとにじみ、揺れはじめた。座ったままうずくまるような格好で泣いた。バスの重いエンジンの音に紛らせて、うめき声を漏《も》らしながら泣きじゃくった。

『本町一丁目』が近づいてきた。顔を上げると、車内には他の客は誰もいなかった。降車ボタンを押して、手の甲で涙をぬぐいながら席を立ち、ウインドブレーカーのポケットから回数券の最後の一枚を取り出した。

バスが停まる。運賃箱の前まで来ると、運転手が河野さんだと気づいた。それでまた、悲しみがつのった。こんなひとに最後の回数券を渡したくない。

整理券を運賃箱に先に入れ、回数券をつづけて入れようとしたとき、とうとう泣き声が出てしまった。

「どうした？」と河野さんが訊いた。「なんで泣いてるの？」——ぶっきらぼうではない言い方をされたのは初めてだったから、逆に涙が止まらなくなってしまった。

「財布、落としちゃったのか？」

泣きながらかぶりを振って、回数券を見せた。

じゃあ早く入れなさい——とは、言われなかった。

河野さんは「どうした？」ともう一度訊いた。

その声にすうっと手を引かれるように、少年は嗚咽《おえつ》交じりに、回数券を使いたくないんだと伝えた。母のこともしゃべった。新しい回数券を買うと、そのぶん、母の退院の日が遠ざかってしまう。ごめんなさい、ごめんなさい、と手の甲で目元を覆《おお》った。警察に捕まってもいいから、この回数券、ぼくにください、と言った。

河野さんはなにも言わなかった。かわりに、小銭が運賃箱に落ちる音が聞こえた。

目元から手の甲をはずすと、整理券と一緒に百二十円、箱に入っていた。もう前に向き直っていた河野さんは、少年を振り向かずに、「早く降りて」と言った。「次のバス停でお客さんが待ってるんだから、早く」――声はまた、ぶっきらぼうになっていた。

次の日から、少年はお小遣いでバスに乗った。お金がなくなるか「回数券まだあるのか？」と父に訊かれるまでは知らん顔しているつもりだったが、その心配は要《い》らなかった。

三日目に病室に入ると、母はベッドに起き上がって、父と笑いながらしゃべっていた。会社を抜けてきたという父は、少年を振り向いてうれしそうに言った。

「お母さん、あさって退院だぞ」

退院の日、母は看護師さんから花束をもらった。車で少年と一緒に迎えに来た父も、「どうせ家に帰るのに」と母に笑われながら、大きな花束をプレゼントした。

帰り道、「ぼく、バスで帰っていい？」と訊くと、両親はきょとんとした顔になったが、「病院からバスに乗るのもこれで最後だもんなあ」「よくがんばったよね、寂しかったでしょ？　ありがとう」と笑って許してくれた。

「帰り、ひょっとしたら、ちょっと遅くなるかもしれないけど、いい？　いいでしょ？　ね、いいでしょ？」

両手で拝んで頼むと、母は「晩ごはんまでには帰ってきなさいよ」とうなずき、父は「そうだぞ、今夜はお寿司《すし》とるからな、パーティーだぞ」と笑った。

バス停に立って、河野さんの運転するバスが来るのを待った。バスが停まると、降り口のドアに駆け寄って、その場でジャンプしながら運転席の様子を確かめる。何便もやり過ごして、陽《ひ》が暮れてきて、やっぱりだめかなあ、とあきらめかけた頃――やっと河野さんのバスが来た。間違いない。運転席にいるのは確かに河野さんだ。

車内は混み合っていたので、走っているときに河野さんに近づくことはできなかった。それでもいい。通路を歩くのはバスが停まってから。整理券は丸めてはいけない。

次は本町一丁目、本町一丁目……とアナウンスが聞こえると、降車ボタンを押した。ゆっくりと、人差し指をピンと伸ばして。

バスが停まる。通路を進む。河野さんはいつものように不機嫌な様子で運賃箱を横目で見ていた。

目は合わない。それがちょっと残念で、でも河野さんはいつもこうなんだもんな、と思い直して、整理券と回数券の最後の一枚を入れた。

降りるときには早くしなければいけない。順番を待っているひともいるし、次のバス停で待っているひともいる。

だから、少年はなにも言わない。回数券に書いた「ありがとうございました」にあとで気づいてくれるかな、気づいてくれるといいな、と思いながら、ステップを下りた。

バスが走り去ったあと、空を見上げた。西のほうに陽が残っていた。どこかから聞こえる「ごはんできたよお」のお母さんの声に応えるように、少年は歩きだす。

何歩か進んで振り向くと、車内灯の明かりがついたバスが通りの先に小さく見えた。

やがてバスは交差点をゆっくりと曲がって、消えた。

卒業ホームラン

天気はよかったが、朝のニュースによると、午後からは風が強くなるだろうとのことだった。

平日より少し華やいだスーツを着た天気予報のキャスターは、「行楽にお出かけの方はセーターを一枚よぶんに持っていかれたほうがいいかもしれませんね」と愛想良く笑っていた。

「ねえ、おとうさん、春一番かなあ」

スポーツバッグの中身を点検しながら、智《さとし》が言った。

「どうなんだろうな」と徹夫《てつお》は首をひねり、使い込んだノートに〈強風の可能性あり〉と走り書きした。

「おとうさん、スタメン決まった？」

「まだだ、練習の調子を見てから決めるよ」

「高橋くんね、昨日学校で絶好調だって言ってたよ」

「あいつ、試合の前はいつでもそう言うじゃないか。ハッタリ好きなんだな」

短く笑って、ノートを閉じる。去年の四月から使いはじめて、これが最後のページだ。表紙にサインペンで書いた〈富士見台クリッパーズ　第六期活動記録〉の文字も一年間でずいぶん色褪《あ》せた。

少年野球チームの監督を引き受けてから、六年がたった。三十代の後半は、ほとんどすべての日曜日を河川敷のグラウンドで過ごしてきたことになる。チームが結成された頃には小学校一年生だった智も、来週、卒業式を迎える。長かったような気もするし、あっというまだったようにも思う。

智の入学祝いにグローブを買ってやった、それがチーム結成の第一歩だった。

何度か家の近所でキャッチボールをして、グローブの革も少しずつ掌《て》になじんできた頃、智は友だちを何人か家に連れてきた。友だちは皆グローブやバットを持って、初対面のはにかみというだけではなく、なにかまぶしいものを見るようなまなざしを徹夫に向けていた。

しゃべったな、とすぐにわかった。智が父親を誰かに自慢するときの話は、いつも決まっている。

おとうさんって、甲子園に出たことあるんだよ――。

初出場して一回戦で負けた高校の、七番・レフト。甲子園では四打数ノーヒット。たいした選手ではないが、甲子園の土を踏んだことは事実だ。友だちどうしで野球チームをつくる、と智は言った。徹夫に監督になってほしいのだという。

チームといってもメンバーが数人では、試合もできない。しかも全員、ランドセルを背負うと背中がすっぽり隠れてしまう一年生である。ノックでもしてやればいいんだろう、どうせすぐに飽きて解散だ、と軽い気持ちで引き受けた。

ところが、智が連れてきた友だちの中に、地区の子供会の会長の息子がいたせいで、話は急に大きくなってしまった。

ユニフォームを揃《そろ》え、メンバー募集のポスターを町のあちこちに貼《は》るというあたりまではよかったが、こどもたちを傷害保険に加入させるだの、区の少年野球連盟の規約はどうだのとなってくると、急に腰がひけてきた。勤め先は市役所なので週末はきちんと休めるが、よそさまの子を預かるのは責任が重いし、少年たちに野球を教えることにそこまで情熱があるわけでもない。

それに、なにより、徹夫は智とキャッチボールをするために新しいグローブを買ったのだ。父親と息子のキャッチボール——もはやテレビのホームドラマですらお目にかかれないような紋切り型の光景でも、元・甲子園球児としては、やはり思い入れは強い。上の子が娘だったから、なおさら。

だが、子供会の会長に「努力とチームワークは、いまの子にいちばん欠けてるところなんです。スポーツの素晴らしさを教えてやってください」と頭を下げられ、「甲子園に出たことがあるなんて、こどもから見れば勲章ですよ」と持ち上げられ、「智くんが小学校にいる間だけでもけっこうですから」とまで言われると、もう断れなかった。

夏休みに入って早々に、チームは産声《うぶごえ》をあげた。

真新しいユニフォームに袖《そで》を通して無邪気に喜ぶ智たちに、徹夫は笑い返してやることができなかった。

これからは「遊び」が「練習」になる。「智くんちのおじさん」が「監督」に変わる。「友だち」が「レギュラー」と「補欠」とに分かれる。河川敷からひきあげるときの言葉は「楽しかったかどうか」ではなく、「勝ったか負けたか」になる。野球チームをつくるというのは、そういうことなのだ。

俺はきっと厳しい監督になるだろう——そんな予感がしていた。

予感ではなく、決意だったのかもしれない。

いま、思う。

智はスポーツバッグのチャックを閉め、そばに置いていた金属バットを手にとった。

「素振りしてくるね」

「あんまり時間ないぞ」

「だいじょうぶ、ウォーミングアップだから」

庭に出た智と入れ替わりに、妻の佳枝《よしえ》がキッチンからリビングに顔を覗《のぞ》かせた。

「ねえ、あなた……」

「難しいよ。実力の世界だからな」

徹夫がぽつりと返すと、佳枝は「智のことじゃないわよ」とため息交じりに言った。

「典子《のりこ》のこと」

「なんだよ」拍子抜けした思いが、声を不機嫌にしてしまう。「まだ寝てるんだろ、あいつ」

「今日、塾の模試なんだけど、もうぜんぜん行く気ないみたい。なんべん起こしても、眠たいからって、それだけ」

「布団《ふとん》ひっぱがしてやればいいんだ」

「そこからどうするの？　首根っこ捕まえて塾に連れていく？」

佳枝は短く笑って、「本人の問題だもんね、どうしようもないよね」と自分を無理に納得させるように付け加えた。

「まあ、三年生になれば、いやでも尻《しり》に火がつくんだから……」

徹夫も、朝刊を広げながら、佳枝と似たような笑みを浮かべた。

中学二年生の典子の様子が、秋頃からおかしい。不良のまねごとをして髪の色を変えたり家に帰らなくなったりというのではないが、なにごとに対してもやる気をなくしてしまった。担任の教師によると、授業中もぼんやりと窓の外を見ているだけで、ひどいときには教科書を開こうとすらしないのだという。

難しい年頃だというのは、わかる。

しばらくは扱いづらいだろう、とも覚悟していた。

だが、親や教師に反抗するのではなく、一年後に迫った高校受験のプレッシャーでいらだつのでもなく、いま自分がいなければいけない場所からさらりと立ち去っていくような態度が気になってしかたない。

冬休みに、一度きつく叱《しか》った。塾の冬期講習のお金を佳枝から預かったまま申し込みをせず、そのお金をぜんぶ友だちとの遊びに遣ってしまったのだ。

だが、典子はたいして悪びれもせず、「来年は受験なんだぞ」と繰り返す徹夫をむしろあわれむように見て、言った。

「がんばったって、しょうがないじゃん」

真顔だった。「がんばったら、なにかいいことあるわけ？　その保証あるわけ？」とつづけ、徹夫が返す言葉に詰まってしまうのを見込んでいたように、「ないでしょ？」と言った。そのときの、まるで幼いこどもに教え諭すような口調は、いまも徹夫の耳の奥に残っている。

がんばれば、いいことが――「ある」とすぐに言ってやらなかったのは、親として間違っていたかもしれない。

それでも、いまもう一度同じことを訊《き》かれても、やはり言葉に詰まってしまうだろう。「ある」と答えると、嘘《うそ》とまでは言わなくとも、なにか大きなごまかしをしてしまうことになるだろう。

キッチンに戻る佳枝の背中に、新聞をめくりながら声をかけた。

「来年になれば、友だちも本腰入れて勉強するんだし、あいつだってその気になるさ」

話を切り上げるための、つまらない言葉だ。佳枝の返事はなかったし、なくてよかった、とも思った。

朝刊の社会面や経済面には、今朝も〈不況〉や〈リストラ〉といった文字がちりばめられている。中高年の自殺の記事がなかったのがせめてもの救いだったが、日曜日ぐらいは、と新聞社が気をつかって載せなかっただけなのかもしれない。

がんばれば、いいことがある？

努力すれば、必ず報われる？

我が子にそう言いきれる父親がいたら、会わせてほしい。きっと、とんでもなくずうずうしい男か、笑ってしまうぐらい世間知らずなのかのどちらかだろう。

＊

ユニフォームに着替えたところに、山本くんの父親から電話がかかってきた。

今日の試合に息子を先発出場させてもらえないか、という。

「田舎から年寄りが出てきてるんですよ。せっかくなんで孫の晴れ姿を見せてやりたくてね、最後の試合ですし、どうでしょう、なんとかなりませんかねえ……」

いつものことだ。ゆうべは奥島くんの母親から、応援の人数の都合があるので試合に出られるかどうか教えてほしい、という電話があった。

ふざけるな、と監督として思う。だが、父親として立場を入れ替えてみると、その気持ちもわからないではない。

「先発はちょっと難しいんですが、試合には出てもらいますよ」

徹夫は顔をしかめ、それを悟られないよう、棒読みのような口調で言った。

窓越しに、庭で素振りをつづける智の姿が見える。波打つようなスイング。バットを上から振りおろしてボールを地面に叩《たた》きつけるんだ、と何度言っても、アッパースイングの癖は最後まで直らなかった。

こう、こうなんだ、と徹夫はダウンスイングの身振りをしながら座卓の前に座り直し、チームのノートをまた広げた。

ノートには、日曜日ごとの練習や試合の記録が細かく書きつけてある。

去年の四月から先週までに十九試合こなしてきた。今日が二十試合目――智たち六年生にとっては最後の試合になる。

結成以来のメンバーだ。一年生の頃から鍛え抜いてきた。そのかいあって、戦績は十九勝〇敗。ずば抜けた選手がいるわけではなく、試合はいつも接戦になるが、それをものにする粘り強さがある。

ここまできたら、全勝のまま小学校を卒業させてやりたい。それが六年間がんばってきたことへのなによりのごほうびになるはずだ。

ペンをとり、今日の試合のスターティングメンバーをノートに書き入れた。誰の親から電話がかかってこようとも、不動のラインナップをくずすつもりはない。勝つことだけ、考えればいい。

補欠は七人。奥島くんは背番号11、山本くんは背番号14――それぞれ補欠の二番手と五番手にあたる。奥島くんはともかく、山本くんを試合に出すとなると、背番号12の宮田くんと13の瀬戸くんも出さないわけにはいかないだろう。

五年半で思い知らされた。監督としていちばん難しい仕事は、補欠のこどもの扱いだった。

補欠組もレギュラー組と分け隔てなく練習させ、試合のときにはピンチヒッターやピンチランナーでなるべく出番をつくってやるように心がけてきた。

それでも、「なんでウチの子が補欠なんだ」とねじ込んでくる親が毎年一人か二人はいる。逆に、補欠と交代でベンチにさげたレギュラー組の子の親が、「なんでウチの子だけ途中でひっこめるんですか」と食ってかかることもある。母親より父親のほうが口うるさい。会社で仕事をしているときは皆それなりに立場をわきまえているはずなのに、息子がらみの話になると急にこどもじみてしまうのだ。

腹立たしさに「もう監督なんてやめたいよ」と佳枝に愚痴ったことは何度もある。試合の前夜、メンバー表を書いては消し、頭を抱え込んで、いっそ明日は雨になってくれないだろうかと願ったことも一度や二度ではない。

だが、その苦労も今日で終わる。智の卒業に合わせて、徹夫も監督を引退する。後任の監督は、徹夫より少し若い男らしい。先月、この地区に引っ越してきた。以前住んでいた町でも少年野球のチームを率いていたのだという。

背番号16――ベンチ入りの最後のメンバーを書き込んだ。

〈加藤智〉

十六人いる六年生の、しんがり。

公平に実力を判断した結果だった。

いや……ほんとうに公平に見るなら、智よりもうまい五年生は二、三人いる。実力主義を貫くのなら、智に背番号16を与えることはできない。

痛いほどわかっていても、そこまでは監督に徹しきれなかった。父親の自分を少しだけ残してしまった。補欠のこどもの親につい気を遣ってしまうのは、その後ろめたさのせいかもしれない。

素振りをつづける智に「そろそろ出かけるぞ」と声をかけようとしたら、間延びしたあくびといっしょに典子がリビングに入ってきた。まだパジャマ姿だった。ぼさぼさの髪を手ですきながら、目をしょぼつかせて、「おはよう」と気のない声で言う。

「おまえ、模試サボるのか」

「うん、まあね」

「急いだら、まだ間に合うんじゃないのか」

「いいよ、そんなの。トイレに下りただけだから、もうちょっと寝るし」

ムッとしかけた徹夫をいなすように、典子は庭に目をやって「智、張り切ってるじゃん」と言った。

「最後の試合だからな」気を取り直して返す。「模試に行かないんだったら、応援に来るか？」

鼻で笑われた。

冗談やめてよ、というふうに。

「試合に出るの？　智」

「……ベンチに入ってるんだから、可能性はあるよ」

「ないじゃん」ぴしゃりと。「いつものパターンじゃん、それ」

典子の言うとおりだった。

智は、いままで一度も試合に出ていない。

今日も、よほどの大量リードを奪うか奪われるかしないかぎり、チャンスはないだろう。

「最後なんだから、出してやればいいのに」

典子の声に、父親を咎《とが》めるような響きはなかった。ごく自然な言い方で、だからこそ、胸が痛む。

同じことは、ゆうべ佳枝からも言われた。

きっと、智も心の奥ではそう思っているだろう。

だが、智は補欠の七番手だ。監督の息子だ。チームには二十連勝がかかっている。出せない、やはり。

「実力の世界だからな」と徹夫は言った。「あいつも、もうちょっとうまけりゃいいんだけどなあ」とつづけ、口にしたとたん、ひどい言い方をした、と思った。

典子は黙って窓から離れ、座卓に置いてあったミカンを一つ取って、それを掌《てのひら》ではずませながら言った。

「ふうん、どんなにまじめに練習しても、へたな子は試合に出してもらえないんだあ」

そうじゃない——とは言えない。

「やっぱり、がんばってもいいことないじゃん。ね、そうでしょ？　おとうさんがいちばんよくわかってるんじゃないの？」

「試合に出ることだけが野球じゃないんだ」

「だったら智に訊いてみたら？　試合に出たいって言うと思うよ」

「……努力することがだいじなんだよ。結果なんて、ほんとうはどうでもいいんだ」

「じゃあ、今日の試合、負けてもいいじゃん」

屁理屈《へりくつ》だ。それがわかっているのに、言い返す言葉が見つからない。

典子は部屋を出がけに、徹夫を振り向いた。

「努力がだいじで結果はどうでもいいって、おとうさん、本気でそう思ってる？」

徹夫は黙って、小さくうなずいた。

「智ってさあ、中学生になったら、あたしみたいになるかもよ。がんばっても、なーんにもいいことないじゃん、って」

「典子もそう思ってるのか」

「うん」さっきの徹夫より、はるかにしっかりとうなずいた。「だってそうじゃん、勉強すればぜったいにいい学校に入れる？　いい学校に行けばぜったいに将来幸せになれる？　そんなことないじゃない。みんなそれ見えてるのに、とりあえず努力しますとかって、なんか、ばかみたい」

典子が二階にひきあげたあと、徹夫は思った。

屁理屈を並べ立てていたのは、ほんとうは自分のほうだったのかもしれない。

＊

智と二人、自転車で連れ立って、家を出た。親子で河川敷のグラウンドに向かうのも、今日が最後だ。

よくつづいた。しみじみ思う。智は一日も練習を休まなかった。将来の夢は甲子園出場だと屈託なく話していた下級生の頃はもちろん、レギュラーの望みがなくなってからも。

「おとうさん、今日の相手って強いの？」

前を走る智は、振り向いて訊いた。

「ああ、すごいぞ」せいいっぱい明るい声をつくった。「いままでいちばん強いかもしれない」

「ひえーっ、二十連勝ヤバいじゃん」

「だいじょうぶさ、ふだんの実力どおりにやれば勝てるから」

「じゃあ、がんばって声出さないとね」

智は前に向き直って、力を込めてペダルを踏んだ。最初から自分はベンチで声を出す係だと決めてかかっていて、それをひねたり悪びれたりすることなく受け入れている。

まじめな子だ。素直な子だ。こつこつと努力してきた。その結果が——これだ。

智のユニフォームの背中の16から、徹夫はそっと目をそらした。高校時代を思いだす。盆も正月もなく練習に明け暮れたすえにレギュラーポジションを獲得し、背番号7のユニフォームを受け取ったときの喜びは忘れられない。甲子園出場を決めた瞬間の、空のてっぺんで太陽が爆発したような喜びも、ちゃんと記憶に残っている。だが、いま、背筋がゾクッとするぐらい生々しくよみがえってくるのは、レギュラーになれなかった同級生のうつむいた顔や、ゲームセットと同時にグラウンドで泣き崩れた相手チームのエースの後ろ姿のほうだった。

交差点で、レギュラー組の子が三人、合流した。

四台の自転車はグラウンドへの一番乗りを競うようにスピードを上げた。智も補欠の引け目などおくびにも出さずに、元気いっぱい自転車を漕《こ》いでいる。

ここからはもう父親じゃないんだぞ、と徹夫は自分に言い聞かせた。背番号16を父親のまなざしで見るな。

チームの中では、智に「おとうさん」と呼ばせないようにしている。徹夫も智のことを「加藤」で呼ぶ。

加藤はへただもんな、しょうがないよな、試合には出せないよ……。いつも心の中でつぶやく。智、ごめんな。あとで必ず、心の中で詫《わ》びる。

「試合に出られないんだったら、つまんないから、もうやめる」

もしも智がそう言いだしたなら、どうしただろう。引き留めなかったような気がする。

本音ではそれをずっと待っていたのかもしれない、とも思う。

午前十時の試合開始に合わせて、九時から練習を始めた。二十連勝のかかった、しかもこのチームで最後の試合というせいもあるのか、レギュラー組の動きがどうも堅い。特にエースの江藤くんは、いつになくコントロールが悪く、ブルペンでしきりに首をかしげている。

相手チームは、練習を見ただけでもそうとう鍛えられているのがわかる。特にピッチャーは体が中学生なみに大きく、球も速い。地区の取り決めで、肘《ひじ》に負担のかかる変化球は投げさせないことになっているが、直球一本でも手こずりそうだ。

一点勝負になるだろうとふんだ徹夫は、バント練習に時間をさいた。守備練習でも、打球を体で止めて前に落とすというのを、あらためて徹底させた。

と同時にバックネット裏の観客席にさりげなく目をやって、誰の親が応援に来ているかを確認する。作戦を立てるうえでは欠かせない。「なんでウチの子が犠牲にならなきゃいけないんですか?」と送りバントにすら文句をつけてくる親もいるのだから。

観客席には、補欠組も含めてほぼ全員の親の姿があった。早くもビデオの三脚をセットしているのは江藤くんの父親、出がけに電話をかけてきた山本くんの一家も、話していたとおりおじいちゃんとおばあちゃんを連れて最前列に陣取っている。父親と目が合った。頼みますよ、約束ですよ、と訴えかけているような顔に見える。

佳枝は、試合の後半に来る。「どうせ智の出番があるとしても最後のほうでしょ?」と寂しそうに言って、「万が一のことだけど」と、もっと寂しげな口調で付け加えていた。できれば典子も連れてくるように言っておいたが、おそらく無理だろう。

ボランティアの審判団がグラウンドにやってきた。試合開始まで、あと十五分。

「ノック、ラスト一本！」

ポジションに散った選手に声をかけた。

智は、ライト。ゴロを無難にさばいたレギュラーの遠藤くんにつづいて、「オーッス！」と左手のグローブを高々と掲げる。

徹夫は、横に少し動けばいいだけの位置に、力のないフライを打ち上げた。

だが、智はグローブを掲げたまま、うろうろと前後左右に動きまわり、最後はバンザイの格好でボールを後ろにそらしてしまう。

「すみませーん！」

帽子をとって謝り、ダッシュでボールを拾いにいく。一桁《けた》の数字に比べるといかにもかさばる背番号16をぼんやりと目で追っていたら、「監督、ちょっといいですか」と子供会の会長にバックネット裏から呼ばれた。

後任の監督を紹介された。がっしりとした体つきで、人なつっこい笑顔を浮かべる、こどもとスポーツがいかにも好きそうな雰囲気の男だった。

かんたんな挨拶《あいさつ》を交わしたあと、彼は「相手のエース、かなりいいですね」と徹夫に言った。「お手並み拝見」と試されているような気がして、内野ノックについ力が入ってしまい、打球はどれもヒット性の、強いものになってしまった。

ノックを終え、ベンチに戻ってメンバー表に名前を書き入れていった。

スタメンの欄はノートに書いたとおりで埋まったが、控え選手のところで迷った。江藤くんの調子を考えると、ピッチャーがもう一人いたほうがいい。新チームのエースになるはずの五年生の長尾くんを控えに入れておくべきかもしれない。

「富士見台クリッパーズさん、いいですか?」

主審がベンチにメンバー表を取りにきた。

「はい……すぐに」

バックネット裏にちらりと目をやった。長尾くんの両親は来ていない。まなざしを横に滑らせると、智が見えた。他の選手がおざなりにすませる膝《ひざ》の屈伸運動を、智一人だけ、ていねいに、一所懸命にやっている。

「監督さん、いいですか?」

主審にうながされ、補欠の欄のいちばん下に〈加藤〉と走り書きして渡した。

そのとき、バックネット裏で歓声があがった。振り向くと、四番バッターの前島くんの両親が〈めざせ不敗神話　祈・20連勝〉と書いた横断幕を広げていた。

徹夫は、相手チームのベンチに向かいかけた主審をあわてて呼び止めた。メンバー表の〈加藤〉を二重線で消して、横に〈長尾〉と書き込んだ。

＊

智は下級生といっしょにベンチの横に並び、グラウンドの選手たちに声援を送っていた。

最後の試合に、出場どころかベンチ入りすらできなかったのに、智の様子はふだんと変わらない。どこか気まずそうな六年生の仲間に「がんばれよ」と声をかけ、自分と入れ替わって五年生でただ一人ベンチ入りした長尾くんにも笑顔で接する。

俺なら、そんなことはできなかった。高校時代を振り返って、徹夫は思う。負けず嫌いの性格だった。野球だけでなく、勉強でも他のスポーツでも、負けたくないから必死にがんばってきた。それが報われたこともあったし、報われなかったことも、もちろん、ある。

がんばればいいことが――「ある」とはやはり言えなくとも、「あるかもしれない」くらいなら典子に言ってやれるかもしれない。「いいことがあるかもしれないから、がんばる」と言葉を並べ替えてもいい。

だからこそ、本音を言えば、徹夫にはよくわからないのだ。

「いいことがないのに、がんばる」智の気持ちが。

監督としても、親としても、それは決して口にはできないことなのだが。


二回を終わって〇対〇。相手チームのエースは予想以上の好投手だった。一方、江藤くんの調子は予想以上に悪い。球が高めに浮き、スピードもキレもない。捕まるのは時間の問題だろう。

徹夫は打撃陣にバットを一握り短く持つよう指示を出し、六年生の控え投手の水谷くんにウォーミングアップを命じた。息子の晴れ姿をビデオで撮っていた江藤くんの父親はムッとした顔でベンチを見たが、逆に水谷くんの両親はブルペンの前に場所を移し、わくわくした顔で試合を見守っている。

三回裏、相手チームの先頭打者がフォアボールで出塁した。つづく打者はきっちり送りバントを決め、しかも江藤くんが打球の処理にもたついてしまい、ノーアウト一、二塁。打順はクリーンアップにまわる。

徹夫はタイムをかけて、キャッチャーの安西くんをベンチに呼び、江藤くんの調子を尋ねた。やはり、このイニングに入ってから、すべての球がサインとはぜんぜん違うコースに来ているという。

交代だ。ここで点を取られるわけにはいかない。ブルペンの水谷くんを見た。ウォーミングアップは、もうじゅうぶんだろう。

ところが、主審に手を挙げようとした、そのとき――。

「裕太、がんばれよ！　まだいける、まだいける！」

バックネット裏から、江藤くんの父親の檄《げき》が飛んだ。息子ではなく、徹夫に聞かせたかったのかもしれない。

徹夫はベンチから浮かせた腰を、すとんと下ろした。腕組みをして、勝手にしろ、と声にならない声で吐き捨てる。

続投した江藤くんは、次のバッターの初球にワイルドピッチをした。ランナーは二、三塁に進む。徹夫は敬遠のサインを送った。だが、頭に血がのぼった江藤くんの目には入っていないようだ。

まずいぞ、と思う間もなく江藤くんは投球動作に入った。もうタイムもかけられない。

スパーン！　と快音が響く。

左中間にライナーで飛んだ打球はぐんぐん伸びて、レフトの前島くんの差し出すグローブのはるか上を越えていった。

致命的な三点が、入った。

救援のマウンドに登った水谷くんも打ち込まれた。三番手の長尾くんも、火のついた相手チームの打線には通用しなかった。

五回の裏を終わったところで〇対八。相手チームのエースはあいかわらず絶好調で、まだ一安打しか許していない。攻略の糸口は見つからない。たとえ見つけても、長尾くんが追加点を奪われるほうが先だろう。

「監督さん」

ショートの吉岡くんの父親が小走りにベンチ裏に来て、言った。

「もう試合の勝ち負けはいいですから、補欠の子もみんな出してあげましょうよ。せっかくいままでがんばってきたんですから」

徹夫は黙ってうなずき、帽子を目深《まぶか》にかぶり直した。

今日なら、出せた。この試合なら、智を出しても誰からも文句は言われなかった。

あいつの努力を最後の最後でむだにしたのは、俺だ。腕組みをして、地面に落ちる自分の影をにらみつけて、思う。

後悔はしない。勝つためにベストをつくしたのだ。

それでも――俺は智の父親として、この監督のことを一生許さないだろう。

六回表の攻撃で、山本くんをピンチヒッターに送った。一家の声援を受けて、ツースリーまで粘ったが、最後は空振り三振。思いきりスイングしてよじれてしまった背中の14の数字が、一瞬、智の背負った16に見えた。

悔しそうな顔でひきあげてくる山本くんに、ベンチの横から励ましの声が飛んだ。

「惜しい惜しい、ナイススイング!」

智だった。

徹夫と目が合った。

智は、元気出さなくちゃね、というふうに微笑《ほほえ》み、うつむいて、もう顔を上げなかった。

試合が終わった。〇対十の完敗、いや、惨敗《ざんぱい》だった。

二十連勝の夢はついえたが、通算成績十九勝一敗ならりっぱなものだ。一列に並んだ選手たちと徹夫にバックネット裏からは大きな拍手が送られ、誰の親だったのだろう、「名監督!」という声もとんだ。

このあと、近くのファミリーレストランで一年間の活動を終えた打ち上げの席が設けられている。主賓は徹夫だ。幹事をつとめる江藤くんの父親が「監督さん、生ビールもありますから、グーッといきましょうや」とジョッキを傾けるしぐさをして笑う。徹夫は愛想笑いを返して、グローブやバットを片づける選手たちに目を移した。智もいる。こっちに背中を向けて、けっきょく試合では一度も使うことのなかったバットをケースに収めている。

バックネット裏に、佳枝の姿があった。母親どうしのおしゃべりの輪から少し離れたところにぽつんとたたずんで、こっちを見ていた。典子は、やはりいない。誘っても来なかったというより、最初から佳枝が誘わなかったのかもしれない。そのほうがいい。今日の試合だけは、見られたくなかった。

「お疲れさまでした、残念でしたね」

後任の監督に声をかけられた。「あのピッチャーは小学生じゃ打てませんよ、相手が悪かったんだ」と慰められると、かえって悔しさが増してしまう。

「それで、ちょっと、監督にもご意見聞かせてもらいたいんですが……」

来年からは、試合数をいままでの三倍にするのだという。

「練習ばかりじゃ、こどもたちも張り合いがないと思うんですよね。やっぱり試合をしないと目標がないでしょう」

「年間六十試合ですか。すごいな、それ」

皮肉を込めて笑った。毎週一試合でも追いつかないペースだ。

「といってもね、チームを三つに分けようと思うんですよ。レベル別に、A、B、Cっていう感じで。で、今週はAチームの試合で、来週はBチームの試合っていうふうにするんです。相手にもレベルを合わせてもらって、年間二十試合ずつ。これなら練習と試合のバランスもとれるし、補欠の子や下級生の子も試合に出られるから公平でしょう？　そうしないと、試合に出られない子がかわいそうだし、学校だって習熟度別にクラスを組もうかっていうご時世ですからね」

かわいそう——が、耳にさわった。

苦笑いがゆがむ。公平という言葉を辞書でひけば、たしかにこの男の言っていることは正しいのかもしれないが、どこかが、なにかが、違う。正しくても、間違っている。智は、Bチームのレギュラーになっても喜ばないだろう。喜んでほしくない。監督としてでも親としてでもなく、野球をする男どうしとして。

だが、後任の監督は不意に肩から力を抜き、手品の種明かしをするように言った。

「ってね、これ、前のチームで思い知らされた教訓なんですよ。うるさい親の多いチームで、信じられますか？　ウチの子を試合に出せ、なんていうレベルじゃないんですよ。息子に悲しい思いをさせたくないから、試合はぜったいに勝てる相手を選んでくれ、って。真剣に言うんですよ、みんな」

徹夫は「わかるような気がするなあ」と笑った。今度は素直な笑顔になった。

「まあ、でも、うまく折り合いをつけてがんばりますよ」

後任の監督はおどけてげんなりした顔をつくり、「じゃあ」と立ち去っていった。

彼の折り合いのつけ方にも一理あるのかもしれない。徹夫は思い、そうかもな、と認めたうえで、でもな、と声に出さずにつぶやいた。つづく言葉は、浮かんでこなかった。

川を吹き渡る強い風が、グラウンドの土埃《つちぼこり》を舞い上げる。天気予報より少し早く、試合が最終回に入った頃から風が強くなっていた。

加藤——と呼びかけて、試合はもう終わったんだと思い直し、父親に戻った。

「智、ちょっと残ってろ」

智は一瞬きょとんとした顔になったが、すぐに「オッス！」と帽子をとって答えた。

バックネット裏では、江藤くんの一家が、ビデオの液晶モニターを覗き込んで、さっそく息子の晴れ姿の鑑賞会を開いていた。

＊

ベンチに座って、敵も味方も観客もひきあげたグラウンドをぼんやりと眺めながら、徹夫は煙草《たばこ》を一本吸った。強い風が煙を吹き飛ばしてしまうせいか、煙草はいがらっぽいだけでちっとも味がしない。

「おとうさん」隣に座った智が言った。「いいの？　もうすぐ打ち上げ始まっちゃうんじゃない？」

「いいんだ、どうせ先に始めてるさ」

徹夫は笑いながら言って、ゆるんだ頬がしぼまないうちにつづけた。

「智、今日、残念だったな」

「しょうがないよ、江藤くん調子悪かったし、向こうのピッチャーすごかったもん」

「いや、そのことじゃなくてさ……おまえのこと、試合に出せなくて……」

「いいってば」

声は明るかったが、顔はさっきと同じようにうつむいてしまった。徹夫と反対側の隣に座った佳枝が、智の肩越しにこっちを見ていた。目が合うと、しょうがないわよ、と小さくうなずく。

典子は朝食を終えると、自転車で遊びに出かけたらしい。仲良しの友だちは皆、塾の模試を受けているのに、誰とどこで遊ぶつもりなのだろう。あてもなく自転車を走らせ、暇をつぶすだけのために本屋やCDショップを覗く典子の姿を思い描くと、腹立たしさよりも悲しみのほうが胸に湧《わ》いてくる。

がんばれば、いいことがある。努力は必ず報われる。そう信じていられるこどもは幸せなんだと、いま気づいた。信じさせてやりたい。おとなになって「おとうさんの言ってたこと、嘘だったじゃない」と責められてもいい、十四歳やそこらで信じることをやめさせたくはない。だが、そのためになにを語り、なにを見せてやればいいのかが、わからない。

徹夫はフィルターぎりぎりまで吸った煙草を空き缶の灰皿に捨てて、智に訊いた。

「中学に入ったら、部活はどうするんだ？」

答えは間をおかずに返ってきた。

「野球部、入るよ」

佳枝が、「今度は別のスポーツにしたら？」と言った。「ほら、サッカーとかテニスとか」

だが、智には迷うそぶりもなかった。

「野球部にする」

「でもなあ、レギュラーは無理だと思うぞ、はっきり言って」

「うん……わかってる」

「三年生になっても球拾いかもしれないぞ。そんなのでいいのか？」

「いいよ。だって、ぼく、野球好きだもん」

智は顔を上げてきっぱりと答えた。

一瞬言葉に詰まったあと、徹夫の両肩から、すうっと重みが消えていった。頬が内側から押されるようにゆるんだ。

拍子抜けするほどかんたんな、理屈にもならない、忘れかけていた言葉を、ひさしぶりに耳にした。

徹夫は、ベンチから立ち上がった。

「ピンチヒッター、加藤！」

無人のグラウンドに怒鳴り、智のグローブを左手につけた。

「どうしたの？　おとうさん」

「智、バット持って打席に入れ」

「はあ？」

「ほら、早くしろ」

智の返事を待たずに、試合で使わなかったまっさらのボールをグローブに収め、マウンドに向かってダッシュした。

智がケースからバットを出す。佳枝も立ち上がって、「やだあ、埃すごいねえ」と風にあおられる前髪を手で押さえながら、とことことグラウンドに出てきた。

徹夫は苦笑交じりにグローブを佳枝に放った。佳枝はそれを両手と胸で受け取り、「どのへんで守ればいい？」と訊いた。

「もっと、ずーっと後ろだ」

「そんなに飛ぶ？」

「あたりまえだろ、ホームラン、出るかもしれないぞ」

佳枝は「なに言ってんの」と笑ったが、可能性がないわけではない。風はホームベースから外野に向かって吹いている。智のアッパースイングなら、うまくいけば——千発打って一発の割合だろうが、風に乗って外野の頭を越えることもありうる。それを親が信じてやらなくて、誰が信じるというんだ……。

はにかんだ様子で何度か素振りをした智は、小さく一礼して打席に入った。

「三球勝負だぞ」

「うん……」

「内角球を怖がるな、後ろに下がると外角低めについていけないぞ」

「はい……」

「返事が違うだろ、腹に力を入れて」

「オッス！」

「よし、そうだ。ボールを最後まで見て、くらいつくようにして振るんだぞ、いいな」

「オッス！」

徹夫はマウンドの土を均《なら》し、ボールをこねて滑りを止めた。たとえば山なりのスローボール、そんなものを投げるつもりはない。レギュラー組の打撃練習のときと同じように、速球を投げ込んでやる。それが、野球が大好きな少年に対する礼儀だ。

ワインドアップのモーションで、投げた。ど真ん中だったが、智は空振りした。完全な振り遅れで、バットとボールも大きく隔たっている。ボールを拾いに行く背番号16に、「しっかり見ろ！」と怒鳴った。

二球目も空振り。外角球に上体が泳いだ。

「腰が据わってないからダメなんだ、いつも言ってるだろう!」

智は半べその顔で「オッス!」と返す。叱《しか》られて悲しいんじゃない、打てないのが悔しいんだ、と伝えるように、徹夫に投げ返す球は強かった。

最後の一球だ。手は抜かない。内角高めのストレート。

智はバットを思いきり振った。

快音とまではいかなかったが、たしかにボールはバットにあたった。フライが上がる。ビュンと音をたてて、強い風が吹いた――が、打球は風に乗る前に落下しはじめ、佳枝の手前でバウンドした。

「ホームラン!」

佳枝がグローブをメガホンにして叫んだ。「智、いまのホームランだよ! ホームラン!」と何度も言った。

徹夫も少しためらいながら、右手を頭上で回した。打席できょとんとする智に、ダイヤモンドを一周しろと顎《あご》で伝えた。

だが、智は納得しきらない顔でたたずんだまま、バットを手から離さない。徹夫をじっと見つめ、徹夫もまっすぐに見つめ返してくるのを確かめると、帽子の下で白い歯を覗かせた。

「おとうさん、いまのショートフライだよね」

来月から中学生になる息子だ。

あと数年のうちに父親の背丈を抜き去るだろう。

徹夫は親指だけ立てた右手を頭上に掲げた。アウト。一打数ノーヒットで、智は小学校を卒業する。

不満そうな佳枝にかまわず、徹夫はマウンドを降りた。ゆっくりと智に近づいていき、声が届くかどうかぎりぎりのところで「ナイスバッティング」と言った。聞こえなかったようだ。智はスローモーションのようにバットを振って、ダウンスイングの練習をしていた。

「智、家に帰って荷物置いてから打ち上げに行こう」

「うん……いいけど？」

「帰ろう」

野球のルールをつくったのはアメリカの誰だったろう。いや、イギリス人だっただろうか。野球の歴史など徹夫はなにも知らないが、ホームベースという言葉をつくった誰かさんに「ありがとう」を言いたい気分だった。

家——だ。野球とは、家を飛び出すことで始まり、家に帰ってくる回数を競うスポーツなのだ。

バックネット裏に停めた自転車に向かって、智と並んで歩いた。なにも話さなかった。黙ったまま帰ればいい。玄関には、智より先に入るつもりだ。「お帰り！」と声をかけてやる。ホームインの瞬間を見届けてやる。

少し遅れて歩いていた佳枝が、「あ」と土手のほうを向いて声をあげた。「あなた、ほら、やっぱり来てる」

知らん顔をしておいた。

いまなら、なにかをあいつに話してやれるかもしれない。納得はしないだろうが、伝えることはできるだろう。

だが、それはすべて家に帰ってからのことだ。

四人で帰ろう。

先制点なのか、追加点になるのか、劣勢に立たされての四点かはわからないけれど。

家族みんなで、ホームインしよう。

あとがき

二〇一六年から大学の教壇に立っている。五十三歳にして、我が子よりも若い学生たちとの付き合いが始まった。何度かの任期延長をへて、おそらく二〇二三年まで——すなわち還暦を迎えるまでは、学生たちに「先生」と呼ばれるはずである。

いまの教え子は皆、二十世紀の終わりから二十一世紀アタマにかけて生まれた。彼らの世代にとって「重松清」は、「教科書で読まされた」「模試の問題に出てきた」「塾の先生に『受験によく出るから読んでおけ』と言われた」……という、まことにネガティブな存在らしい。教科書の顔写真に落書きをしたことを打ち明けてくれた学生は多数いるし、「もう死んでる作家だと思ってました」と真顔で言われたときにはマジに泣きたくなった。

しかし一方で、なるほど、とも思った。作家と読者の出会いの場は、書店や図書館や親の本棚だけではない。教室や試験会場で出会うことだってありうる。そして、どうやら「重松清」は、そういう場所で出会ってしまう頻度がきわめて高い書き手の一人らしいのだ。

確かに認める。小学校から高校まで十編近いお話が教科書や副読本に掲載されてきたし、入試や模試、問題集でも、いわば定番の扱いを受けている（ある学生は「受験勉強をしたら、重松清がもれなくついてくる」という言い方をした。消費税かよ、俺は）。

むろん、胸を張って申し上げるような話ではない。「問いに答えるための素材」としてお話を読むことは、読書本来の自由な伸びやかさとは相反するものだし、教育の現場には設問の正解以前の「正しさ」が欠かせないのだとすれば、教材に好んで選ばれてしまうのは、むしろ書き手にとって恥ずべきことでもあるだろう。

その苦い負い目を大前提としたうえで、それでも、教室で出会ってもらえることは幸せだと思う。読者との、それも年若い読者との出会いの場は、一つでも多いほうがいい。

また教科書とは不思議なもので、最初はしかたなく読まされた教材でも、意外なほど記憶に深く刻まれ、おとなになっても覚えていることがある。僕にとっては、あまんきみこの『白いぼうし』や鈴木三重吉の『少年駅伝夫』、宮沢賢治の『やまなし』、ヘッセの『少年の日の思い出』がそうだった。新美南吉《にいみなんきち》や椋鳩十《むくはとじゅう》やドーデなんて、国語の授業がなければずっと知らないままだったかもしれない。

ならば、自分の書いたお話も、教室で出会ってくれた誰かの記憶に長くとどまってくれたなら……。

だいそれた願いだとは承知していても、もしもそういう誰かがいてくれたら、とてもうれしい。

本書は国語の教科書に載っている四編のお話（「カレーライス」「あいつの年賀状」「バスに乗って」「卒業ホームラン」）を軸に、入試や模試に繰り返し出題されているお話を組み合わせて構成した。ちなみに、教科書掲載作は他に「タオル」や「その日、ぼくが考えたこと」「電車は走る」などがある。これらは短編集の『小学五年生』『きみの町で』に収められているので、ご縁があったら、ぜひ。

収録作の選択は担当編集の大島有美子さんに一任し、収録にあたっての手直しは最小限にとどめた。「北風ぴゅう太」や「にゃんこの目」など、もともと連作集に組み込まれていたものは、単独で読んでいただくために繋《つな》ぎの部分を省いたりもしているのだが、決定稿はあくまでも本家本元に収録されたほうである。ただし、短編集『せんせい。』から持って来た「ドロップスは神さまの涙」については、思うところあって若干の補筆をおこなった。このお話については、本書収録版を決定稿とさせていただきたい。

また、「もうひとつのゲルマ」は、連作集『きよしこ』の一編「ゲルマ」として雑誌に発表したものの、単行本には収めなかった。連作の流れを考え、タイトルこそ同じでも、ほとんど別作品になるまで改稿して収録したので、雑誌掲載版はお蔵入りになってしまったのだ。しかし、個人的にはこちらのバージョンにもずっと愛着を持っていたので、タイトルに「もうひとつの」を冠し、無理を言って収録してもらった。ボーナストラックのような感じで愉《たの》しんでいただければありがたい。

前述したとおり、担当編集は新潮文庫編集部の大島有美子さんである。装幀《そうてい》は装幀部の大滝裕子さん、装画は木内達朗さんにお願いした。三氏に力を貸してもらった文庫本は、これで何冊目になるだろう。深く感謝している。また、本書への作品再録を快諾していただいた文藝春秋と中央公論新社の関係各位にもお礼を申し上げたい。ありがとうございました。

いつもなら、ここで読んでくださった人への謝辞を述べて締めくくりとなるのだが、もう一言だけ——。

本書の編集作業は、二〇二〇年の春に進められた。

教室に入ることができない春だった。がらんとして静まり返った教室の窓の外では、誰にも見てもらえない桜が咲き、散って、葉桜になった。「教室で出会った」という副題が、こんなにも重い意味を持ってしまうとは、桜の花芽が目覚めた一月頃には思いも寄らなかった。

あとがきを書いている今日は、四月十五日。僕の暮らす東京都に緊急事態宣言が出されて一週間がたった。新型コロナウイルスの感染は終息するどころか、拡大の一途をたどっている。

重松ゼミの一期生は、この三月に大学を卒業した。卒業式が中止になり、最後に教室で顔を合わせることも叶《かな》わず、巣立っていった。四月の入学式も中止された。緊急事態宣言を受けてキャンパスは大型連休明けまで封鎖され、春学期に僕が受け持つ授業はすべてオンラインでおこなうことになった。新年度のゼミは二期生と三期生の顔合わせすらできないまま、予定より一ヶ月遅れで、連休明けに始まる。教室をなくしてしまったゼミは、ケストナーの『飛ぶ教室』で描かれた同題の作中劇よろしく、ウェブの空を飛んで旅を続けられればいいのだけれど……。

四月半ば。小学生や中学生、高校生の手元にある教科書は、残念ながら、まだ真新しいままだろう。ランドセルや通学鞄《かばん》に教科書を詰めて学校に向かう朝を迎えるまで、きみたちは、あとどれほど暗い夜を過ごさなくてはならないのだろう。本書がきみたちの前に姿を見せるのは六月末になる。そのとき、教室には、にぎやかな笑い声が響き渡っているだろうか。

そうであってほしいと願いつつ、あとがきを書いてきた。「教室で出会った重松清」の重心は、当然ながら「教室で出会った」のほうに、うんと寄っている。「教室で出会った○○」を大切にしてほしい。愛《いと》おしんでほしい。教室で出会った友だち。教室で出会ったライバル。教室で出会った寂しさ。教室で出会った歓《よろこ》び。教室で出会った悔しさ。その他もろもろ。すべてが、きみたちをかたちづくるものであってほしい。

教室がこんなにも遠くになってしまったいまだからこそ、思う。

そして、教科書に載った僕の顔写真にさんざん落書きをしてくれたはずの、まだ若いおとなの皆さん。

キツい時代の、しんどい世の中になってしまった。でも、お互いがんばりたいよね。たまには昔の教室のこと、思いだしてください。

せっかくケストナーの『飛ぶ教室』の話をしたので、同作のラスト間近で禁煙先生と正義先生が生徒たちに語りかけた言葉を、最後の最後に皆さんに——教室にいる皆さんと、かつて教室にいた皆さんに捧《ささ》げます。

〈かんじんなことを忘れないために、永久に心にきざみつけておきたい、この尊いひとときに、わたしは諸君にお願いします。諸君の少年時代を忘れないように！　諸君がまだ子どもである現在、そういっても、まったくよけいなことにきこえるでしょう。だが、よけいなことではありません。わたしたちのいうことを信じてください！〉

（高橋健二・訳）

読んでくださってありがとうございました。

二〇二〇年四月

重松　清

所収一覧

カレーライス（光村図書の教科書のための書き下ろし／文藝春秋『はじめての文学　重松清』所収）
千代に八千代に（中公文庫『リビング』所収）
ドロップスは神さまの涙（新潮文庫『せんせい。』所収）
あいつの年賀状（新潮社二〇〇五年新年広告「お年玉小説」のための書き下ろし／文藝春秋『はじめての文学　重松清』所収）
北風ぴゅう太（新潮文庫『きよしこ』所収）
もうひとつのゲルマ（「小説新潮」二〇〇二年二月号収録作「ゲルマ」を改稿・改題）
にゃんこの目（新潮文庫『きみの友だち』所収）
バスに乗って（文春文庫『小学五年生』所収）
卒業ホームラン（新潮文庫『日曜日の夕刊』所収）

この作品は文庫オリジナル編集です。

重松清著　見張り塔からずっと

3組の夫婦、3つの苦悩の果てに光は射すのか? 現代という街で、道に迷った私たち。新・山本周五郎賞受賞作家の家族小説集。

重松清著　ナイフ
坪田譲治文学賞受賞

ある日突然、クラスメイト全員が敵になる。私たちは、そんな世界に生を受けた――。五つの家族は、いじめとのたたかいを開始する。

重松清著　日曜日の夕刊

日常のささやかな出来事を通して蘇る、忘れかけていた大切な感情。家族、恋人、友人――、ある町の12の風景を描いた、珠玉の短編集。

重松清著　ビタミンF
直木賞受賞

もう一度、がんばってみるか――。人生の"中途半端"な時期に差し掛かった人たちへ贈るエール。心に効くビタミンです。

重松清著　エイジ
山本周五郎賞受賞

14歳、中学生――ぼくは「少年A」とどこまで「同じ」で「違う」んだろう。揺れる思いを抱き成長する少年エイジのリアルな日常。

重松清著　きよしこ

伝わるよ、きっと――。少年はしゃべることが苦手で、悔しかった。大切なことを言えなかったすべての人に捧げる珠玉の少年小説。

重松清著

小さき者へ

お父さんにも14歳だった頃はある——心を閉ざした息子に語りかける表題作他、傷つきながら家族のためにもがく父親を描く全六篇。

重松清著

卒業

大切な人を失う悲しみ、生きることの過酷さ。それでも僕らは立ち止まらない。それぞれの「卒業」を経験する、四つの家族の物語。

重松清著

くちぶえ番長

くちぶえを吹くと涙が止まる。大好きな番長はそう教えてくれたんだ——。懐かしい子ども時代が蘇る、さわやかでほろ苦い友情物語。

重松清著

熱球

二十年前、もしも僕らが甲子園出場を果たせていたなら——。失われた青春と、残り半分の人生への希望を描く、大人たちへの応援歌。

重松清著

きみの友だち

僕らはいつも探してる、「友だち」のほんとうの意味——。優等生にひねた奴、弱虫や八方美人。それぞれの物語が織りなす連作長編。

重松清著

星に願いを
—さつき断景—

阪神大震災、オウム事件、少年犯罪……不安だらけのあの頃、それでも大切なものは見失わなかった。世紀末を生きた三人を描く長編。

重松清著

あの歌がきこえる

友だちとの時間、実らなかった恋、故郷との別れ——いつでも俺たちの心には、あのメロディーが響いてた。名曲たちが彩る青春小説。

重松清著

みんなのなやみ

二股はなぜいけない？　がんばることに意味はある？　シゲマツさんも一緒に困って真剣に答えた、おとなも必読の新しい人生相談。

重松清著

青い鳥

非常勤の村内先生はうまく話せない。でも先生には、授業よりも大事な仕事がある——孤独な心に寄り添い、小さな希望をくれる物語。

重松清著

せんせい。

大人になったからこそわかる、あのとき先生が教えてくれたこと——。時を経て心を通わせる教師と教え子の、ほろ苦い六つの物語。

重松清著

卒業ホームラン
——自選短編集・男子編——

努力家なのにいつも補欠の智。監督でもある父は息子を卒業試合に出すべきか迷う。著者自身が選ぶ、少年を描いた六つの傑作短編。

重松清著

まゆみのマーチ
——自選短編集・女子編——

ある出来事をきっかけに登校できなくなったまゆみ。そのとき母は——。著者自らが選ぶ、少女の心を繊細に切り取る六つの傑作短編。

重松清著

ロング・ロング・アゴー

いつか、もう一度会えるよね——初恋の相手、忘れられない幼なじみ、子どもの頃の自分。再会という小さな奇跡を描く六つの物語。

重松清著

星のかけら

六年生のユウキは不思議なお守り「星のかけら」を探しにいった夜、ある女の子に出会う。命について考え、成長していく少年の物語。

重松清著

ポニーテール

親の再婚で姉妹になった四年生のフミと六年生のマキ。そして二人を見守る父と母。家族のはじまりの日々を見つめる優しい物語。

重松清著

なきむし姫

二児の母なのに頼りないアヤ。夫の単身赴任をきっかけに、子育てに一人で立ち向かうことになるが——。涙と笑いのホームコメディ。

重松清著

娘に語るお父さんの歴史

「お父さんの子どもの頃ってどんな時代?」娘の問いを機に、父は自分の「歴史」を振り返る。親から子へ、希望のバトンをつなぐ物語。

重松清著

ゼツメツ少年

毎日出版文化賞受賞

センセイ、僕たちを助けて。学校や家で居場所を失った少年たちが逃げ込んだ先は——。物語の力を問う、驚きと感涙の傑作。

重松清著

一人っ子同盟

兄を亡くしたノブと、母と二人暮らしのハム子は六年生。きょうだいのいない彼らは同盟を結ぶが。切なさに涙にじむ〝あの頃〟の物語。

重松清著

たんぽぽ団地のひみつ

祖父の住む団地を訪ねた六年生の杏奈は、時空を超えた冒険に巻き込まれる。幸せすぎる結末が待つ家族と友情のミラクルストーリー。

重松清著

きみの町で

旅立つきみに、伝えたいことがある。友情、善悪、自由、幸福……さまざまな「問い」に向き合う少年少女のために綴られた物語集。

太宰治著

人間失格

生への意志を失い、廃人同様に生きる男が綴る手記を通して、自らの生涯の終りに臨んで、著者が内的真実のすべてを投げ出した小説。

太宰治著

走れメロス

人間の信頼と友情の美しさを、簡潔な文体で表現した「走れメロス」など、中期の安定した生活の中で、多彩な芸術的開花を示した9編。

太宰治著

斜陽

〝斜陽族〟という言葉を生んだ名作。没落貴族の家庭を舞台に麻薬中毒で自滅していく直治など四人の人物による滅びの交響楽を奏でる。

芥川龍之介著
羅生門・鼻
王朝の説話物語にあらわれる人間の心理に、近代的解釈を試みることによって己れのテーマを生かそうとした〝王朝もの〟第一集。

芥川龍之介著
地獄変・偸盗《ちゅうとう》
地獄変の屛風を描くため一人娘を火にかけて芸術の犠牲にし、自らは縊死する異常な天才絵師の物語「地獄変」など〝王朝もの〟第二集。

夏目漱石著
こころ
親友を裏切って恋人を得たが、親友が自殺したために罪悪感に苦しみ、みずからも死を選ぶ、孤独な明治の知識人の内面を抉る秀作。

夏目漱石著
吾輩は猫である
明治の俗物紳士たちの語る珍談・奇譚、小事件の数かずを、迷いこんで飼われている猫の眼から風刺的に描いた漱石最初の長編小説。

三島由紀夫著
金閣寺
読売文学賞受賞
どもりの悩み、身も心も奪われた金閣の美しさ――昭和25年の金閣寺焼失に材をとり、放火犯である若い学僧の破滅に至る過程を抉る。

三島由紀夫著
潮騒
（しおさい）
新潮社文学賞受賞
明るい太陽と磯の香りに満ちた小島を舞台に海神の恩寵あつい若くたくましい漁夫と、美しい乙女が奏でる清純で官能的な恋の牧歌。

カレーライス
教室で出会った重松清

新潮文庫　し－43－29

令和二年七月一日発行
令和二年九月二十五日三刷

著者　重《しげ》松《まつ》清《きよし》
発行者　佐藤隆信
発行所　株式会社新潮社
郵便番号　一六二―八七一一
東京都新宿区矢来町七一
電話　編集部(〇三)三二六六―五四四〇
　　　読者係(〇三)三二六六―五一一一
https://www.shinchosha.co.jp

価格はカバーに表示してあります。

乱丁・落丁本は、ご面倒ですが小社読者係宛ご送付ください。送料小社負担にてお取替えいたします。

印刷・株式会社精興社　製本・加藤製本株式会社

ISBN978-4-10-134939-8 C0193